Mord in Rheinbach

Das Burgfräulein

AF190017

Rhein-Sieg-Kreis Krimi

Mord in Rheinbach

Das Burgfräulein

Der dritte Fall von Kommissarin Thekla Sommer

© **Kersten Wächtler**

Bibliografische Information der Deutschen Nationalbibliothek:
Die Deutsche Nationalbibliothek verzeichnet diese Publikation in der
Deutschen Nationalbibliografie;
detaillierte Daten sind im Internet über
http://dnb.dnb.de
abrufbar

2. Auflage

erschienen im Dezember 2019

Copyright © 2019 Kersten Wächtler
Coverbild © Kersten Wächtler
Herstellung und Verlag: BoD – Books on Demand, Norderstedt
ISBN: 9783749469642

Alle Personen und Tathergänge sind frei erfunden. Ähnlichkeiten mit lebenden oder toten Personen sind rein zufällig.

Erstes Kapitel

Die Kühle der Nacht hatte in der Morgendämmerung leichten Tau auf den Blättern und dem Gras entstehen lassen. Die Kleidung war klamm geworden und dennoch wartete er bereits seit vier Stunden, regungslos auf dem Hochsitz. Dr. Friedhelm Eisenhut, Apotheker aus Rheinbach, hatte dieses Jagdrevier mit seinem Studienfreund, Alois Bayer, seit sieben Jahren gepachtet. Seine Leidenschaft war es, selbst gejagtes und erlegtes Wild von seiner Frau zubereitet, zu verspeisen. Obwohl er sich sicher war, dass man nicht von Jagd sprechen kann, wenn man hinterhältig auf einem Hochsitz wartet und ahnungslose Tiere abknallt, war es für ihn immer wieder eine Genugtuung, ja fast ein inneres Bedürfnis, Leben zu nehmen.

»Langsam wird es mir aber zu bunt«, dachte er, als er auf die Uhr schaute. Es war Samstagmorgen und er musste schon mittags in seiner Apotheke sein, um den Notdienst zu übernehmen.

Da, - gerade als die Morgendämmerung über der Lichtung hereinbrach, traute sich der Hirsch aus dem

7

schützenden Dickicht heraus. Angespannt und extrem vorsichtig betrat er die kühlende Grasfläche, die mit niedrig wachsendem Gestrüpp umrandet war. Das frisch gewachsene Gras reizte seinen Hunger so sehr, dass er es wagte, den Wald zu verlassen. Genüsslich rupfte er die frischen Grashalme.

Dr. Eisenhut sah ihn. Ehrfurcht überkam den erfahrenen Jäger. Seit mehreren Jahren bereits war er auf der Pirsch nach diesem Tier. Ein Sechzehnender, - das erhabenste Tier in dem gesamten Forstgebiet. Nunmehr endlich schien er am Ziel seiner Träume. Dieser Schuss würde ihm, in den Kreisen seiner Jagdgesellen, einen enormen Respekt verschaffen. Er wagte es kaum zu atmen, als er seine doppelläufige Flinte, eine Beretta 690 Field III, hochhob. Auch wagte er es nicht, sich zu bewegen, um auf dem Hochsitz eine bessere Schussposition einnehmen zu können. Der Hirsch würde jedes noch so kleine Geräusch wahrnehmen und sich zurückziehen. Ganz langsam, sich in hockender Stellung befindend, legte er den Gewehrschaft an die Schulter. Er befand sich immer noch in hockender Haltung, aber ein Erheben aus dieser unbequemen Haltung, war ihm zu riskant. Wann würde ihm dieses Glück, wie er es empfand, wieder begegnen? Er zielte durch sein Nachtsichtfernrohr. Da stand er, - in voller Herrlichkeit, mitten im Fadenkreuz des Todes. Eisenhut atmete nicht mehr. Er dachte nur noch an die Sekunde, die ihm ein Kribbeln im Körper verursachen würde.

In gebückter Haltung kippte er nach vorne, durch den Einstieg des Hochsitzes nach unten. Noch bevor er den Waldboden erreichte, war er tot. Der Hirsch hingegen, aufgeschreckt, war wieder im Dickicht verschwunden.

Der Pfeil einer Armbrust hatte ein Leben ausgelöscht. Anders als Dr. Friedhelm Eisenhut es vorgesehen hatte, war es nicht das, des Sechzehnenders.

*

Sie saßen im Siegburger Kaffeehaus, in der Holzgasse, dem Teil der Fußgängerzone, der vom Marktplatz aus kommend, in der Zeithstrasse endet. Hier hatten sie es sich gegen zehn Uhr, unter den bereits aufgespannten Marquisen, gemütlich gemacht. Noch vor ein paar

Jahren, saßen Kommissarin Thekla Sommer und ihr Sohn David öfter hier, um gemeinsam zu frühstücken, bevor er es mit sechzehn Jahren vorzog, bei seinem Vater in Siegburg-Kaldauen zu wohnen. Hier war nämlich die räumliche Nähe zu seiner ersten großen Liebe, Jana Kaminski, der Tochter von Doris Kaminski, der neuen Freundin von Davids Vater, die in der gleichen Straße wohnten wie er, gegeben. Wegen Doris Kaminski hatte Davids Vater vor einiger Zeit Thekla verlassen. Thekla meinte, die neue hätte mehr >Holz vor der Hütte<, als sie und das sei der Trennungsgrund gewesen.

Nun saß Thekla mit ihrem Kollegen Robert Hanf hier. Sie hatte seinem monatelangen werben, heute nachgeben wollen und meinte, ein gemütliches und reichhaltiges Frühstück, hier an diesem Platz, sei die richtige Situation, den ersten Kuss zu forcieren. Nachdem sie beide nach einem Abend mit herrlichem Rotwein und dem Verzehr einer großen Dose Hasch-Kekse, die David in seinem Kleiderschrank versteckt hatte, morgens völlig vernebelt und nackt in Theklas Bett aufgewacht waren. Zuerst hatte sie ihm eine riesige Szene gemacht, er hätte die Situation vollkommen ausgenutzt, vielleicht sogar selber eingefädelt. Nachdem aber festgestellt wurde, dass beide zu bekifft waren, als dass etwas hätte geschehen können, hatten sie sich beide lachend über David gewundert.

Seitdem war kaum ein Tag vergangen, an dem Robert nicht mit Komplimenten, auch außerhalb des Dienstes, Theklas Nähe suchte. Dieses werben war Thekla natürlich nicht entgangen und nachdem sie mit Sylvia, ihrer besten Freundin, schon von ABI-Zeiten an, darüber gesprochen hatte, meinte diese,

»Ihr seid doch Beide schon mehrere Jahre alleine. Gerade wegen Eurem beruflichen Engagement, scheitern oft die Beziehungen. Wenn er Dir doch schmeichelt und er seine Augen, vielleicht auch die Hände nicht von Dir lassen kann, - na dann versucht´s doch zusammen. Aus beruflichen Gründen kann die Sache jedenfalls nicht zum Scheitern verurteilt sein.«

Darüber hatte Thekla natürlich nachgedacht und ihr intuitives, wenn es denn da war, immer richtig liegendes, Bauchgefühl befragt. Sie war zu dem Entschluss gekommen, da Robert ja nun wirklich als Mann was hermachte und beide sich auch sympathisch waren, es mit einer ernsteren Beziehung zu versuchen.

Als das >Kaffeehaus Frühstück< von der freundlichen Serviererin gebracht wurde, wurde schnell noch der Nebentisch hinzugestellt. Es wurde sehr reichhaltig aufgedeckt. Neben zwei prallvoll bestückten Brötchenkörben brachte sie zwei Platten mit Wurst und Käse, verschiedene Konfitüren, Frischkäse, Orangensaft und zwei große Becher dampfenden Kaffee. Jetzt wollten es sich die Beiden so richtig schmecken lassen. Nachdem das erste Brötchen verspeist war und beide überlegten, was als nächstes dran war, klingelte Thekla's Telefon.

Robert wollte aus ihrem Gesicht lesen. Erst war es ein erschrecktes Gesicht, dann ein trauriges und schließlich ein enttäuschtes. Als sie dann auch noch sagte, »Ja, der sitzt hier neben mir«, war auch er enttäuscht. Es musste wohl Fred Bollenkamp, ihr Vorgesetzter sein. Thekla drückte die rote Taste ihres neuen Smartphones.

»So ein Mist, ich hatte mir das alles so schön vorgestellt und wollte Dich überraschen, aber jetzt, - komm wir schmieren uns schnell noch ein paar Brötchen für unterwegs und lassen uns eine Tüte geben. Wir haben einen Toten in Meckenheim. Das ist nahe der Grenze zu Rheinland-Pfalz, aber noch in unserem Kreisgebiet. Also los, - lass uns beeilen.«

Die Bedienung kam heraus und Robert fragte nach zwei Papiertüten für die belegten Brötchen. Die Kellnerin brachte augenblicklich die Tüten und zwei Pappbecher für den Kaffee. Robert zahlte schnell, er hatte sowieso vor, Thekla einzuladen. Er packte die Geldbörse und sein Handy ein und eilte Thekla in Richtung ihres Twingo´s hinterher. Außer Puste holte er sie ein.

»Ein Toter kann doch nicht mehr weglaufen«, meinte er, als er eingestiegen war.

Doch Thekla hörte ihn gar nicht. Sie war schon wieder in ihrer vollen polizeilichen Aktivität. Schon von Beginn eines Falles an, schien ihr Gehirn programmiert auf konzentrierte Ablaufplanung. Dafür liebte er sie. Er erschrak, als er diesen Gedanken dachte. »Dafür liebe ich sie so?«. Er schaute sie von der Seite an. Ja, - es war nicht nur ihre sehr schlanke und vollkommen durchtrainierte Figur, die sie dreimal wöchentlich bei Läufen rund um die, am Michaelsberg angelegten Wanderwege, trainierte und stählte, sondern auch ihren klaren Gedankengang bei privaten aber vor allem auch beruflichen Vorkommnissen. Ja, - er könnte sich an den soeben gedachten Gedanken gerne gewöhnen.

Irgendwann in nächster Zeit, so überlegte er, wolle er ihr das sagen.

Nach einer Weile sagte sie, »Nein, - nicht weglaufen, - aber die Spuren können verwischt oder verfälscht werden. Ich will vor der Spurensicherung da sein.«

Also hatte sie ihn doch verstanden!

»Was ist denn überhaupt passiert? Ich weiß nur von einem Toten im Kottenforst, am Rande von Meckenheim.«

»Da hat wohl heute Morgen ein Spaziergänger, der mit seiner Deutschen Dogge Gassi ging, einen Toten Jäger an einem Hochsitz gefunden. Der Pfeil einer Armbrust in seiner Brust. Er selber hatte eine >Beretta 690 Field III< bei sich.«

»Die doppelläufige Jagdflinte?«, fragte Robert, stolz darauf etwas zu wissen, wovon sie bestimmt noch nichts gehört hatte.

Erstaunt schaute sie kurz von der Straße weg und ihn an, »Du kennst die Waffe? «, fragte sie.

Etwas überheblich meinte er, »Wer sich mit Waffen auskennt, der kennt halt auch was von Jagdgewehren.«

Da Thekla jedoch einen Anflug von grinsender Arroganz um seine Mundwinkel wahrnahm, lachte sie lauthals los. Auch Robert konnte sich nicht halten und lachte mit. Die Brötchen waren fast verzehrt, als sie in Meckenheim-Merl die Autobahn 565, von Bonn kommend, verließen und nach links abbogen, um in den Kottenforst zu gelangen. Hier konnten sie wunderbar an dem ersten großen Wanderparkplatz parken. Kollegen der Schutzpolizei zeigten ihnen den Weg zum nahegelegenen Hochsitz.

»Wer ist der Tote?«, fragte Thekla die beiden Beamten, die neben der Leiche standen. Der Mann lag da, mit weit aufgerissenen Augen, den Pfeil einer Armbrust kurz unterhalb des Halses, in der Brust steckend. Sein Gewehr hielt er noch mit beiden Händen umklammert.

»War wohl ein Sekundentod, er hat noch beide Hände an seiner Waffe«, stellte Thekla fest, noch bevor der Kollege antworten konnte.

»Ja, - sieht so aus, - also, das ist Dr. Friedhelm Eisenhut, er hat in Rheinbach eine große Apotheke, wohnhaft in Rheinbach-Oberdrees, Schulstraße 13c. Hier sein Ausweis, - war im Portemonnaie.« Der Beamte überreichte Robert die Papiere des Opfers.

»Wer hat ihn gefunden?«, wollte Robert wissen.

»Da drüben, die Frau mit dem Hund. Sie war mit dem Hund hier Gassi gehen Der Parkplatz und der Wald lädt viele hier aus Meckenheim zum Hundeauslauf ein«.

Thekla nickte dem Beamten zu, drehte sich um und ging in Richtung der Hundebesitzerin. In dem Moment fuhr ein weiterer Wagen ziemlich schnell, zu schnell wie Thekla meinte, auf den Parkplatz und kam auf den mit Dreck und Steinen versehenen Parkplatz, in einer Staubwolke zum Stehen. Peter Ludwig, Sybille Salz und Lisa Drollig, eine Kommissaranwärterin, die Thekla´s Team zugeteilt worden war. Sie stiegen aus dem Auto aus. Die >Neue< war natürlich gefahren und wollte sich mal wieder übereifrig einsatzfreudig positionieren.

»Gut, dass Ihr da seid«. Thekla brachte die Kollegen schnell auf Stand der Dinge. Dann sagte sie, »übernehmt Ihr bitte die Befragung und wartet auf die Spurensicherung. Wir zwei fahren zu der Frau des Toten. Vielleicht ergeben sich ja schon erste Hinweise.«

Diesmal fuhr Thekla mit durchdrehenden Reifen vom

16

Parkplatz und hinterließ eine riesige Staubwolke. Erschrocken schaute Lisa Drollig hinterher. Nach etwa fünfzehn Minuten waren sie am Ziel angekommen. In der Schulstraße standen nur, wie übrigens fast in ganz Oberdrees überwiegend, gutsituierte Ein- und Zweifamilienhäuser.

»Hier muss es sein«, meine Robert. Anerkennend pfiff er durch die Zähne. Ein prachtvoller alleinstehender Bau in zweigeschossiger Bauweise. Die Fenster zur Gartenanlage, die sich rund um das Haus befand, im hinteren und seitlichen Bereich, bodentief und fast über die gesamte Länge des Hauses, stehend. Thekla hielt mit dem Wagen in der Seitenstraße, die direkt an das Grundstück anschloss. Beim Aussteigen sahen sie über eine halbhohe Hecke in das, im hinteren Bereich liegende Wohnzimmer. Dort erkannten sie eine Frau, im legeren Jogginganzug und einen jüngeren Mann, in inniger Umarmung und im Kuss vertieft. Sie gingen an die pompöse Eingangstür und läuteten. Es stand lediglich >Dr. Eisenhut< auf dem Türschild. Die Frau, etwa fünfunddreißig Jahre und im Jogginganzug, öffnete.

»Ja bitte, - Sie wünschen?«

»Guten Morgen, Thekla Sommer und Robert Hanf, Kripo Siegburg«, beide zeigten ihre Dienstausweise. »Wir möchten gerne Frau Eisenhut sprechen.«

»Ich bin Charlotte Eisenhut, - worum geht´s bitte?«

»Können wir vielleicht reinkommen?«

»Leider habe ich im Moment kaum Zeit, - ich wollte gerade zum Sport.«

»Das wird wahrscheinlich ausfallen«, meinte Robert, »sind Sie alleine im Haus?«

»Was erlauben Sie sich? Das geht Sie doch gar nichts an. Was wollen Sie eigentlich von uns?«

»Frau Eisenhut, - ist das Ihr Mann?«, Thekla zeigte eine Handyaufnahme des Gesichtes des Toten.

»Ja, - aber, wie sieht er denn aus? Er hat ja geschlossene Augen.«

»Frau Eisenhut, - Ihr Mann ist augenscheinlich einem Gewaltverbrechen zum Opfer gefallen. In Meckenheim-Merl, im Kottenforst, nahe einem Parkplatz. Er war auf einem Hochsitz, als ihn ein Pfeil einer Armbrust getroffen hatte.«

Charlotte Eisenhut schien einen Schwächeanfall zu bekommen. Theatralisch knickten ihre Knie etwas ein und sie verdrehte die Augen. Komischerweise fing sie sich aber direkt wieder und setzte sich auf eine, im großzügigen Eingangsbereich stehende Bank. Aus einem Zimmer kam der Mann, den die Kommissare eben von außen, in inniger Umarmung mit Charlotte Eisenhut, gesehen hatten.

»Ivan, - bring mir bitte schnell ein Glas Wasser«, rief Frau Eisenhut ihm entgegen, »es ist etwas schreckliches passiert.«

»Wer war der Herr?«, fragte Thekla sofort nach.

»Ivan ist mein Personal Coach, wir achten gemeinsam darauf, dass ich meine Figur behalte und nicht unattraktiv werde. Wir stehen im öffentlichen Leben. Mein Mann hatte eine sehr gutgehende Apotheke in Rheinbach. Man kennt uns.« Thekla hörte sofort den versnobten und leicht überheblichen Unterton heraus.

»Ah, - Ihr Personal Coach. Was coacht er denn so alles?«, wollte Robert wissen. Noch bevor sie antworten konnte, kam Ivan mit dem Wasser zurück. Sofort nahm Charlotte Eisenhut das Glas und leerte es in einem Zug. »So, - nun geht es mir besser. Ivan, sei so lieb und geh jetzt nach Hause. Das Training fällt heute aus.

Selbstverständlich kannst Du es mit auf die Rechnung setzen. Ich rufe Dich an, sobald ich wieder fähig bin, weiter zu trainieren.« Ivan nickte und wollte die Haustüre öffnen.

»Moment«, Robert stellte sich vor ihn hin und versperrte den Weg. »Wir brauchen bitte Ihre Personalien«. Robert zückte einen kleinen Block und einen Stift.

»Wozu das denn? Er ist doch nur mein Coach und hat mit dem Tod meines Mannes nichts zu tun.« Charlotte Eisenhut kam unter tänzerischem Körpereinsatz in Richtung Robert, er jedoch drehte sich demonstrativ vor Ivan und mit seinem Rückn vor Frau Eisenhut.

»Reine Formsache, wir haben es hier mit Mord zu tun. Da ist alles wichtig.« Robert notierte seinen Namen und die Adresse. »Sie kommen aus Meckenheim? Wo waren sie seit dem frühen Morgen?«

Ivan schaute in Richtung von Frau Eisenhut. Stockend sagte er: »Na, ich war zu Hause. Seit gestern Abend bis ich eben hierhin kam, - zum Trainingstermin.«

»Gibt es dafür Zeugen?«, wollte Thekla wissen.

»Ich habe das Fußballspiel gesehen, auf RTL. Zeugen

habe ich dafür keine bis auf das Telefonat mit Charlotte, so gegen zehn Uhr.«

»Worum ging es in dem Telefonat?«, fragte Robert, der immer noch den Notizblock in der Hand hielt.

»Wir haben ganz kurzfristig den heutigen Termin ausgemacht«, mischte sich Charlotte Eisenhut schnell ein.

»Nun gut, - Sie können gehen, wie können wir Sie erreichen?«

Robert notierte sich die Handynummer und die Festnetznummer.

»Das war zu diesem Zeitpunkt eine clevere Frage«, dachte Thekla. So konnte das Telefonat beim Provider recherchiert werden.

Ivan Domino verließ das Haus.

»War Ihr Mann Jäger, und haben Sie noch mehr Waffen im Haus?«, fragte Thekla. Alle drei gingen in den ausgebauten Kellerbereich, in dem neben einer Sauna und einem kleinen Pool auch ein Jagdzimmer war. Hier zeigte Frau Eisenhut auf einen mannshohen Stahlschrank.

»Da hatte mein Mann immer seine Waffen eingeschlossen«, sie zeigte auf den Schrank. Der

Schlüssel steckte und Thekla öffnete ihn. Zwei einläufige Jagdgewehre und zwei langschneidige Jagdmesser waren darin. Eine Gewehrhalterung war frei.

»Hier fehlt wohl das Gewehr, das Ihr Mann bei sich hatte?«

Frau Eisenhut zuckte die Schultern und verzog das Gesicht.

»Können Sie sich vorstellen, wer ein Interesse am Tod Ihres Mannes haben könnte, oder besser gefragt, hatte Ihr Mann Feinde?«

»Wer, dem es besser geht als dem Durchschnitt, hat das nicht?« kam die Antwort.

Wieder hörte Thekla diesen arroganten Unterton.

»Danke, das war es erst einmal«, sagte Thekla. Beim Öffnen der Haustüre fragte Sie, wie nebenbei, »Wo waren Sie denn seit gestern Abend?«

»Na, - ich war hier und hab doch mit Ivan telefoniert«, eine leichte Röte huschte über ihre Wangen. Dies allerdings bemerkte Thekla sofort, auch das lüsterne Flackern in den Augen der Befragten, entging Thekla nicht, auch wenn es nur für eine halbe Sekunde zu sehen war. Thekla wusste von den Kommissarlehrgängen genau, worauf es bei den ersten Befragungen ankam. Nicht nur auf die Körperhaltung und Körperspannung der Befragten, sondern auch auf nonverbale Kleinigkeiten, wie Mimik, Gestik und den Ausdruck der Augen.

»Eine Armbrust hatte Ihr Mann nicht zufällig auch besessen?«, fragte Robert, als sie die Treppe nach oben in den Dielenbereich gingen.

»Mein Mann war ein passionierter Jäger. Sein Bereich waren Gewehre und eine Pistole, um den verwundeten Tieren den finalen Schuss zu verpassen. Nein, - eine Armbrust wäre ihm nicht ins Haus gekommen«.

»Nun gut«, schaltete sich Thekla wieder ein, »sobald die Leiche von den Kollegen frei gegeben wird, werden Sie benachrichtigt und können die Beerdigung organisieren«.

»Merkwürdige Frau«, flüsterte Robert, als die Haustüre geschlossen war und sie sich in Richtung Auto bewegten, »erst sehen wir zufällig durch's Fenster, wie sie mit ihrem Trainer knutscht und dann wirkt Sie irgendwie unbeteiligt, als wir ihr die Todesnachricht überbringen«.

»Ja, genau das habe ich auch gedacht. Hinzu kommt,

dass ich irgendwie ein Gefühl in mir trage, als wenn da irgendetwas nicht stimmt. Abgesehen davon, dass sie garantiert ein Verhältnis mit dem Ivan hat, habe ich so ein Bauchgefühl, als wenn der Tod ihres Mannes für sie nicht unbedingt überraschend kam. Wir sollten uns doch mal näher mit dem direkten Umfeld der Familie befassen«.

Nach etwa zwei Kilometern Fahrstrecke erreichten sie die Apotheke in der Rheinbacher Heinrichstraße, deren Eigentümer gerade auf dem Weg in das Rechtsmedizinische Institut, der Uniklinik Bonn, waren.

»Wow«, entglitt es Robert, »das nenne ich mal eine Apotheke. Ist ja ein richtiges Herzeige Objekt«.

Die Aussenfassade war mit polierten Granitplatten versehen und die Fenster schienen in einer Spezialgröße hergestellt worden zu sein. Zwischen den großen Scheiben, schien jeweils ein ebenfalls polierter Stahlträger, die jeweils zwei Fensterscheiben rechts und links der doppelflügigen vollautomatischen Schiebetür, zu fixieren. Eine Außenfassade an der Straßenfront von etwa sechzehn Metern, ließ die Apotheke von den anderen Gebäuden auffällig abstechen. Die Türe, mittig geteilt, glitt lautlos nach rechts und links, als die

Kommissare sich näherten. Sie betraten einen großen, auffällig hell und freundlich wirkenden Verkaufsraum, den sicherlich ein Innenarchitekt auffällig verkaufsfördernd, gestaltet hatte. Vier Verkaufstheken teilten den großzügigen Bereich zu den Verkaufs- und Ausstellungsschränken hin, ab. Sofort kam eine junge Frau mit einem strahlend weißen Kittel aus dem Bereich hinter den Schränken, heraus.

»Guten Tag, herzlich willkommen, was kann ich für Sie tun?« begrüßte sie die beiden Kommissare.

»Guten Morgen«, begann Thekla das Gespräch, »sind Sie die leitende Mitarbeiterin hier?«

»Nein, das ist Herr Müller. Vielleicht kann ich Ihnen aber auch helfen?«

Thekla zeigte ihren Dienstausweis. »Kripo Siegburg, können wir bitte Herrn Müller sprechen?«

Das Gesicht von Nadine Herz, das stand auf dem Namensschild am Kittel der jungen Frau, wurde ernst. »Selbstverständlich, - einen Moment bitte«.

Kurze Zeit später kam ein Herr mittleren Alters, begleitet von Frau Herz, in den Verkaufsraum.

»Kriminalpolizei? Was kann ich für Sie tun«. Herr

Müller reichte den Beiden zur Begrüßung die Hand.

»Können wir irgendwo ungestört sprechen«, fragte Thekla.

»Selbstverständlich, - kommen Sie doch bitte mit in mein Büro«, antwortete Herr Müller und zeigte hinter der Verkaufstheke auf eine Türe, etwas abseits und nicht gleich zu erkennen. Als die Türe geschlossen wurde, stellte Thekla sich und Robert offiziell vor.

»Wir sind hier, da Herr Dr. Eisenhut heute Morgen, einem Tötungsdelikt zum Opfer gefallen ist, aber das wissen Sie ja wahrscheinlich schon von Frau Eisenhut. Von ihr kommen wir nämlich gerade«.

Erschrocken griff sich Herr Müller mit weit aufgerissenen Augen an die Brust und ließ sich in den gepolsterten Schreibtischsessel zurückfallen.

»Oh mein Gott«, rief er, »der Chef ist tot? Was ist passiert? Wie geht es denn nun weiter, hier mit der Apotheke?«

»Wir stehen am Anfang der Ermittlungen. Wie es hier mit Ihnen weitergeht, müssen Sie mit Frau Eisenhut abklären. Was uns interessiert, ist was Herr Eisenhut denn für ein Mensch war? Hatte er Feinde oder Neider?

Wie war er als Arbeitgeber? Wie war sein Ruf als Geschäftsmann?«

Herr Müller trank ein Glas Wasser, bemerkte aber, dass er einen Vouxpas begangen hatte und nicht zuerst den Kommissaren etwas angeboten hatte. Dankend lehnten diese jedoch ab.

»Also, der Chef war immer ein sehr akkurater und zuverlässiger Mensch. Menschlich und fachlich absolut integer, bis auf...«, Herr Müller stockte.

»Bis auf was?«, hakte Robert direkt nach.

»Na ja, er soll sich, da war ich hier allerdings noch nicht beschäftigt, vor zwei Jahren einer Mitarbeiterin, die gerade Nachtdienst hatte, hier im Ruheraum unsittlich genähert haben«.

»Was heißt das genau?«, wollte Thekla wissen.

»Na ja, wie ich gehört habe soll er der Frau, die sich nur mit einem Slip und einem Shirt bekleidet, nachts im Nachtnotdienst, hingelegt hatte, im Schlaf unsittlich berührt haben und dabei soll er zudringlich geworden sein. Er soll nachts, durch den Hintereingang, mit seinem Schlüssel die Räumlichkeiten betreten haben. Vorne ist ja alles alarmgesichert«.

»Was ist mit der Frau? Arbeitet Sie noch hier? Kam es zu einer Anzeige? Was ist daraus geworden?«

»Wie mir die Kolleginnen hier erzählt haben, ist die Frau vier Wochen krank gewesen wegen psychischer Gründe. Sie kam aber nicht wieder, da der Vertrag in gegenseitigem Einvernehmen aufgelöst wurde. Es soll wohl auch eine schöne Summe an Abfindung gegeben haben«.

»Schweigegeld«, unterbrach Robert.

Herr Müller hob die Hände und zuckte mit den Achseln, »Ich habe gehört es war eine Abfindung«.

»Wo wohnt diese Frau?« wollte Thekla wissen.

»Soweit mir bekannt ist, ist sie und ihr Mann in den Aachener Raum gezogen, aber, - mehr kann ich dazu nicht sagen«.

»Danke, das reicht auch für's erste«.

Thekla reichte Herrn Müller die Hand.

»Wir kommen bestimmt noch einmal wieder wegen eventuell weiterer Fragen. Auch interessiert uns, wie es hier mit der Apotheke weiter geht. Ist dieser Laden eigentlich gemietet?«

»Nein, das Haus ist Eigentum der Eisenhut's«, kam als

Antwort.

»Recht vermögende Leute«, meinte Robert.

»Ja, der eine bekommt etwas vererbt, der andere muss ackern. So ist das halt im Leben«, murmelte Herr Müller, bevor er die Türe zum Verkaufsraum öffnete.

»Reden Sie mit den Angestellten hier und halten erst einmal den Ball flach«, flüsterte Robert noch, als er die Hand zum Abschied gab.

Die Kommissare verließen die Apotheke, in der sich jetzt drei Kundinnen und zwei Angestellte befanden.

»Halten Sie erst einmal den Ball flach?«, fragte Thekla, in Richtung Robert schauend.

»Ja, das sagt man so unter Männern, noch nicht so viel Wirbel um eine Sache machen«.

Thekla nickte. Als sie gerade einsteigen wollten, entdeckte Thekla auf der anderen Straßenseite ein Café. Hier wollte sie nun eine Kleinigkeit essen und etwas trinken. Am Morgen wurde das Frühstück ja jäh unterbrochen. Als beide gerade fertig gegessen hatten und die Bedienung die Rechnung kassierte, klingelte das Telefon.

»Sommer«, meldete sich Thekla.

»Bollenkamp hier«, meldete sich der Chef der Siegburger Kriminalpolizei, »gerade kam eine Zwischenmeldung der Bonner Rechtsmedizin. Die haben bei Beginn der Obduktion ein frisches, aufgerolltes Kondom im Rachen des toten Dr. Eisenhut gefunden. Dies wurde ihm >post mortem< mit Gewalt dort hineingepresst. Ich fand, das solltet Ihr sofort wissen«.

»Danke Fred, ein sehr wichtiges Detail. Wir werden dies bei unseren Ermittlungen ab sofort berücksichtigen«. Thekla beendete das Gespräch.

»Gott sei Dank haben wir schon gegessen. Ich bekäme jetzt keinen Bissen mehr runter«, sagte sie zu Robert. Dann gab sie die Informationen an Robert weiter.

"Wie, - was soll das denn jetzt?« Angewidert schaute er aus dem Fenster. Vielleicht ein Indiz für einen Zusammenhang zu der Sache mit dem nächtlichen Übergriff auf die ehemalige Angestellte.

"Wir müssen noch einmal in die Apotheke und uns die Kontaktdaten der ehemaligen Angestellten geben lassen. Wir müssen auch dieser Spur nachgehen, man weiß ja nie«, meinte Thekla.

Frau Else Klink, so hieß die ehemalige Apothekenangestellte, wohnte nicht mehr in der Nähe von Aachen. Dies hatte ein Anruf bei der zuständigen Meldestelle, der in Erfahrung gebrachten Adresse, ergeben. Sie hatte sich von ihrem Mann getrennt und war wieder zurück in ihre Heimat gezogen. Sie wohnte nun in der Tomberger Straße 211, in Rheinbach-Wormersdorf.

»Das ist der nächste Ort, Richtung Landesgrenze zu Rheinland-Pfalz«, sagte Robert, nachdem er das Navi programmiert hatte.

»Dann lass uns mal schauen, ob die Dame zu Hause ist und was sie uns zu der Sache zu sagen hat«.

Thekla startete ihren heißgeliebten Twingo in Richtung der Adresse.

»Wieder alles so kleine und wohlhabend wirkende Häuser mit gepflegten Vorgärten, wie heute Vormittag in Oberdrees«. Robert wirkte verwundert, wie gepflegt Rheinbach und die umliegenden Orte waren. »Ein wahrer Erholungspunkt ist das hier, vielleicht was für die Rente?«, witzelte er.

Die Befragung von Frau Klink verlief recht kurz. Zwar war sie erstaunt darüber, dass Dr. Eisenhut ums

Leben gekommen war, gleichzeitig war sie aber auch recht uninteressiert. Nachdem damaligen Zwischenfall in der Apotheke hätte sie ihm das, in ihrer Verletztheit, schon viel früher gewünscht. Nähere Angaben dazu wollte sie allerdings nicht machen, da sie seinerzeit auf eine Anzeige verzichtet hatte und sie nun nicht schon wieder alles in ihr Gedächtnis holen wollte. Zu der Frage, wo sie zum Tatzeitpunkt war, antwortete sie lediglich, sie hätte bei ihrer kränklichen Mutter, die im gleichen Hause das Souterrain bewohne, den Abend verbracht und wäre dann gegen Mitternacht schlafen gegangen.

»Irgendwie ist mir, als sei die Spur in Oberdrees mit dem Trainer von Frau Eisenhut, in der es wahrscheinlich um eine Liebesgeschichte geht, doch die interessantere. Nur, was es mit dem Kondom auf sich hat, dürfen wir nicht außer Acht lassen«. Thekla saß gedankenversunken auf dem Beifahrersitz. Das Rührei mit Schinken und frischem Schnittlauch, was sie zu Mittag gegessen hatte, war wahrscheinlich zu fettig gewesen. Nun tat ihr der Magen etwas weh und sie überließ Robert nun das Steuer. Auch dachte Thekla über die gemeinsame

Zukunft mit Robert nach. War es der richtige Weg, den sie einschlagen wollte? Obwohl sie bereits fest entschlossen war, mit Robert über eine private gemeinsame Zukunft zu sprechen, kamen ihr doch immer wieder Zweifel, wie sie dieses Thema anschneiden solle. Würde er sie überhaupt ernst nehmen oder es nur als Spaß einstufen? Dabei war sie sich doch heute Morgen noch so sicher.

Vielleicht ergab sich ja heute Abend eine Möglichkeit, mit Robert über ihre gemeinsame private Zukunft zu sprechen. Nach der abendlichen Fallbesprechung im Kreise der Kollegen, wolle sie ihn zu einem Glas Wein einladen. Je mehr sie darüber nachdachte, drängte sich der Wunsch nach Zweisamkeit mit ihrem Kollegen auf.

In dem klimatisierten Besprechungsraum des Kriminalkommissariats im Siegburger Polizeipräsidium waren bei Eintreffen der Beiden, bereits Sybille Salz, Peter Ludwig und die neue Anwärterin Lisa Drollig, anwesend. Nachdem sie von dem Kondomfund erfahren hatten und diskutierten, ob es sich vielleicht um eine sexuell aktivierte Tat handele, meinte Lisa, sie müsse dazu jetzt eine Sache aus ihrer Vergangenheit erzählen, die sie einmal erlebt hätte.

"Vor einigen Jahren, als ich kurz nach dem Abi auf einen Studienplatz wartete, waren wir öfter mit den Abi Kollegen in Bonn an einem See schwimmen. Das war der Dornheckensee, zwischen Bonn-Ramersdorf und Bonn-Hoholz. Da ist ein alter Basaltsteinbruch, der ab circa Neunzehnhundert, als Abbaugebiet für die Verwendung zum Straßenbau diente. Etwa um Neunzehnhundertvierzig wurde der Abbau eingestellt und der Steinbruch lief mit Regenwasser voll. An der tiefsten Stelle ist er ungefähr zwanzig Meter tief, weshalb das Schwimmen und Baden dort auch verboten war. Trotzdem trafen sich dort einige Bonner sowie auch Leute aus dem Umland, um dort völlig hüllenlos zu sonnen und sich auch in dem eiskalten Wasser abzukühlen. Auch ich hatte keine Probleme damit, mich vor anderen auszuziehen, solange ich nicht die einzige war. Jedenfalls gab es an dem See, der von Bergwänden eingekreist war und den Blick zu den umliegenden Straßen versperrte, ein Gebiet, das nur von den nackten Badenden genutzt wurde und wo man sich genüsslich der

Sonne und den anderen Besuchern präsentiert. Es gab aber auch einen Bereich, in den sich Pärchen zurückzogen und sich dort miteinander oder auch gemeinsam, sexuellen Vorlieben widmeten. Ein anderer Bereich, im Wald gelegen, diente vorrangig dazu, homosexuellen Männern vorbehalten zu sein. Dort sah man oft Männer, die sich ebenfalls ohne Bekleidung, gegenseitig ihrer Neigung hingaben. Dies hatte ich zwar nur einmal zufällig gesehen, da dies aber nicht mein Ding war, eher mit Frauen meines Alters, war ich in diesen Bereich des Waldes nie mehr gegangen. Genau dort hatte ich dann auch sehr viele Kondome im Wald verstreut liegen sehen. Der Fall von heute erinnerte mich an damals«.

Verlegen schaute sie sich im Raum um. Sie merkte, dass es still geworden war und wie sie leicht rot wurde. Hatte sie in ein Fettnäpfchen getreten?

»Erzähl doch mal«, war Robert der erste, der die Stille unterbrach, »gibt es den See auch heute noch und wird er immer noch als FKK-Gelände genutzt? Vielleicht können wir ja unseren nächsten Betriebsausflug dahin machen? «

Alle erstaunten Blicke wanderten zu Robert, der sich

köstlich zu amüsieren schien, aber sofort verstummte, als ihn Thekla's Blick traf.

Hatte er sich gerade die Chance verspielt, heute Abend einen Wendepunkt seines Junggesellendaseins zu bekommen?

»Nun wollen wir mal zu den wesentlichen Erkenntnissen und Punkten dieser Fallbesprechung kommen«, forderte Thekla, als Ermittlungsgruppenleiterin, zu der sie bereits vor einiger Zeit ernannt wurde, die Anwesenden auf.

Sie berichtete von den Ermittlungsergebnissen, die Robert und sie heute gemacht hatten.

Peter Ludwig hatte sich in einem Waffengeschäft in Bonn über Armbrüste erkundigt. Dort wurde ihm erklärt, dass jeder der älter als achtzehn Jahre alt sei, eine Armbrust erwerben könne. Armbrüste gehören nach dem Gesetz zu den sogenannten >freien Waffen< und jeder Volljährige kann eine Armbrust kaufen, besitzen und in geeigneten Taschen mit sich führen. Nach Wissen des Fachverkäufers, gab es in Bonn und in Rheinbach jeweils einen Bogenschützenverein, die auch eine Abteilung für

Armbrustschützen unterhielten. Dorthin würde er hin und wieder Armbrüste in der Preisklasse von etwa vierhundert bis zwölfhundert Euro verkaufen. Auf Nachfrage wurde ihm erklärt, dass die Treffgenauigkeit eines mit einer Armbrust verschossenen Pfeils bei etwa vierzig bis sechzig Meter liege, abgeschossen mit speziellen Zielfernrohren. Bei High-Tech Geräten könne ein geübter Schütze unter Umständen auch bei über einhundert Metern, zielgenau treffen. Bei einem Anfänger könne man von einer Schussgenauigkeit von zwanzig bis dreißig Metern ausgehen.

»Das klingt ja alles sehr interessant und bringt uns schon einen Schritt weiter. Wir müssen morgen also unter anderem die genannten Schützenvereine befragen, nach Mitgliedern und eventuellen Armbrustverlusten. Sylvia und Peter, - ihr kümmert Euch bitte um die Witwe des Dr. Eisenhut. Bringt bitte in Erfahrung, wie das Verhältnis zwischen den Eheleuten war und wie lange bereits dass außereheliche Verhältnis zu dem Trainer, Ivan Domino, andauert. Euch kennt noch keiner der Beiden und so erscheinen mir die Ermittlungen einfacher. Lisa, Du wirst Robert und mich morgen begleiten und bei den

Recherchen in den Vereinen und eventuell dem Umfeld der Rheinbacher Apotheke, unterstützen. Vielen Dank für euren Einsatz. Bis Morgen«. Damit beendete Thekla die Besprechung. Sie freute sich auf den bevorstehenden Abend mit Robert. Als die Kollegen gegangen waren, hielt sie Robert, der auch gerade das Büro verlasen wollte auf, mit der Frage:

»Robert? können wir vielleicht …? «

Robert hob die Hände und unterbrach Thekla:

»Ich muss dringend weg. Meine Jungs vom Stammtisch erwarten mich bereits. Ich habe die Kohle aus dem Sparkästchen und heute Abend ist Auszahlung. Hat es auch bis morgen Zeit? «

»Gar kein Thema«, kam die Antwort. »Viel Spaß heute Abend, - mein Anliegen war gar nicht so wichtig«.

Robert hob in einer Drehung zur Tür die rechte Hand nach oben, ihm gefiel die Art, mit der Colombo so bekannt wurde, und sagte:

»Bis morgen also«.

»Bis morgen also«, wiederholte Thekla leise und auch etwas resigniert.

*

David Sommer erwachte in seinem Zimmer, das er
seit fast einem Jahr in der Wohnung seines Vaters
bewohnte. Der Vater, der ihn und seine Mutter Thekla
Sommer, verlassen hatte, nachdem er eine andere Frau
kennenlernte. Zuerst hasste David diese Frau dafür, als er
aber deren Tochter, Jana Kaminski, kennenlernte, verflog
dieser Hass. Sie ging auf die gleiche Schule wie er. Jeder
der Schulkollegen schaute Jana hinterher und jeder hätte
sie gerne zur Freundin gehabt. Doch seit fast einem
halben Jahr war sie ganz alleine seine Freundin und jetzt
lag sie neben ihm. Er drehte sich vorsichtig im Bett auf
die Seite um Jana beim Schlafen zu beobachten. Sie hatte
sich die Decke vom Körper gestrampelt und lag auf dem
Rücken, in ihrer vollkommenen Schönheit, so wie Gott
sie erschaffen hatte, völlig nackt. David liebte einfach
alles an ihr. Ihre zarten Wangenknochen und die
geschwungenen Lippen, die samtig weiche Haut die ihre
zart geformten Brüste umgab, der flache Bauch und die
leicht ausrasierte Bikinizone mit dem Flaum ihrer

Schambehaarung, den sie stets auf etwa einen Zentimeter schnitt. David glaubte, nie genug von dem Anblick bekommen zu können. Doch, - was war nun los? Hatte er sich zu schnell umgedreht? Jana bewegte ihren Kopf hin und her und streckte ihre Beine aus. Dabei kam ein ganz leichtes Seufzen aus ihrem Mund. Sie schlief tief und fest und dennoch bemerkte David, wie sich die zarten Knospen ihrer Brustwarzen langsam aufrichteten und steif wurden. Was war denn jetzt los? Träumte sie etwa irgendetwas, was sie erregte? Vielleicht sogar einen Traum mit anderen Kerlen?

Vorsichtig streichelte David mit der geöffneten Handinnenseite ihren Busen, wobei er die Berührung der Brustwarzen als sehr erregend empfand. Nach kurzer Zeit öffnete Jana ihre Augen und schmiegte sich liebevoll lächelnd an ihren Freund.

Nach einem zärtlichen Liebesspiel standen sie hungrig auf. Sie hatten die Wohnung an diesem Sonntagmorgen für sich, da Davids Vater mit Janas Mutter, die in der gleichen Straße wohnte wie nun David auch, einen Kurztripp an die Mosel unternommen hatte. Nach dem Duschen und einem kurzen Frühstück einigten sich die

Beiden darauf, mit dem neuen Motorroller, den David zum sechzehnten Geburtstag geschenkt bekommen hatte, nachdem er die entsprechende Führerscheinprüfung bereits bestanden hatte, zu Davids Opa, nach Bornheim zu fahren. Viele Jahre war der Kontakt zwischen dem Opa und seiner Mutter unterbrochen gewesen. Um so intensiver war jetzt das Drängen von ihm, den Opa so oft es nur ging, zu besuchen. Einmal pro Monat fuhr David nun von Siegburg-Kaldauen über Sankt Augustin und Bonn, nach Bornheim. Er brauchte etwa eine dreiviertel Stunde für die Fahrt aber das erschien ihm nicht zu lange. Es war ja schließlich der Opa. Heute wollte er endlich auch seine Freundin dorthin mitnehmen und vorstellen. Opa hatte ihn darum gebeten und gesagt, sie würden dann alle zusammen also auch mit Franziska, Opas neuer Frau, in einer großen Pizzeria am Rande von Bornheim, essen gehen. Dort hatte sich nämlich an der Autobahnabfahrt, eine Franchise Kette mit dem Namen >L`Osteria< niedergelassen, in der es, wie Opa erzählte, Pizzen, so groß wie Wagenräder, gab.

Das wollten sie mal ausprobieren.

Zweites Kapitel

Thekla wartete bereits seit einer viertel Stunde vor dem Polizeipräsidium. Warum waren Robert und Lisa nicht zur vereinbarten Zeit dort? Auch ihr fiel es schwer am Sonntagmorgen arbeiten zu müssen aber statistisch gesehen waren bei einem gerade geschehenen Mord, die ersten achtundvierzig Stunden entscheidend. Endlich kam sein Auto langsam in den Innenhof des Präsidiums gerollt.

»Oh, der Herr bequemt sich auch zu kommen«, begrüßte sie ihn, als er sich in den Dienstwagen setzte. »Wo ist denn diese Lisa? «

»Bitte nicht so laut«, Robert hielt sich den Kopf fest. »Gestern ist es später geworden als geplant. Was weiß ich wo die Kleine ist, keine Ahnung«.

»Stell Dich nicht so an, mein Vater hat immer gesagt, wer feiern kann, kann auch arbeiten«.

»Ach, die Weisheiten der alten Leute, sie haben auch

gerne mal einen zu viel getrunken, oder meinst Du nicht? «

»Doch bestimmt, - nur die sind dann aber auch pflichtbewusst ihren Arbeiten nachgekommen und das ohne zu jammern«.

»Fahr bitte los, lass aber das Radio aus. Was hast Du als erstes vor? Was ist Dein Plan? «

»Na, dann eben ohne Lisa. Ihr werde ich aber morgen einiges zum Thema Pünktlichkeit erzählen, wie auch Dir. - Ich habe gestern noch recherchiert, nach Schützenvereinen mit Abteilungen für Bogen- und Armbrustschützen. Dabei habe ich mir besonders die Homepage des Vereins in Rheinbach-Wormersdorf angesehen. Das Gelände des Vereins soll etwas abseits des Ortes in Richtung Meckenheim liegen und in einer Obstplantage eingebettet sein. Auf einem Freigelände von einhundert mal sechzig Metern sind dort zwei Schießstände und ein kleines Clubhaus untergebracht. Das interessante ist, dass sich die Mitglieder jeden zweiten Sonntag im Monat dort zum Üben treffen.

»Hoffentlich treffen die sich nicht gegenseitig, sonst hätten wir direkt wieder was zu tun«, witzelte Robert, mit dem Hintergedanken, Thekla wieder etwas sanfter zu stimmen.

»Am besten Du versuchst heute keine Witze mehr zu machen. Könnte von manch einem vielleicht verkehrt verstanden werden «. Thekla meinte es Ernst, lächelte aber trotzdem in Richtung Robert, als sie den Wagen startete.

Als sie in Meckenheim die Autobahn verließen, um die Landstraße in Richtung Wormersdorf zu nehmen, mussten sie die riesigen Obstplantagen, allesamt mit kleinen Apfelbäumen versehen, durchqueren. Rund um Meckenheim und Rheinbach waren auf mehreren Quadratkilometern tausende solch kleiner Bäume in Reih und Glied gepflanzt. Über die Straße die sie befuhren waren zwei Brücken gebaut, die das Überqueren der Obstbauern mit ihren landwirtschaftlichen Geräten, von einer Plantage auf die nächste, ermöglichte. Bereits einen Kilometer vor dem Hindernis, sahen sie auf der schnurgeraden Straße, einen Stau von etwa zwanzig Autos, vor einer Überführung stehen. Überall leuchtete Blaulicht. Unten auf der Straße standen Polizeiwagen vor und hinter der Unterführung quer und verhinderten die

Durchfahrt. Oben, mitten auf der Brücke stand ein Streifenwagen, umringt von einigen Menschen. Als sie näher kamen bemerkten sie, dass die in der Schlange wartenden Autos aufgefordert wurden, zu wenden und eine andere Straße nach Wormersdorf zu benutzen. Thekla allerdings fuhr weiter bis zu den Kollegen an der Brücke.

»Hier geht's nicht weiter, Mensch, dreh um und mach nicht so einen Aufstand«, schrie der Polizist in das geöffnete Fenster auf Roberts Seite. Der zögerte nicht lange, griff nach der Krawatte des Kollegen, ziemlich weit oben am Knoten und zerrte den Kopf fast ins Wageninnere. Zeitgleich holte er mit der anderen Hand seinen Dienstausweis aus der Innentasche seiner Jacke.

»Kollege, - ein bisschen freundlicher zu den Mitmenschen und nicht in diesem Ton, oder seid Ihr hier alle so drauf. Ist das Euer Umgangston hier in dem ländlichen Gebiet? «

Thekla war ausgestiegen und schaute bereits nach oben. Da hing doch was am Brückengeländer? Sah aus wie eine Decke.

»Robert, lass gut sein. Was ist hier denn passiert«,

fragte sie in Richtung des jungen Streifenbeamten, der sich die Krawatte wieder geraderichtete.

"Da ist ein Toter an das Brückengeländer gebunden worden. Sieht sehr ekelhaft aus. Also, - ich möchte mir das nicht nochmal anschauen müssen. Darum bin ich auch jetzt hier, um den Verkehr umzuleiten.

»Robert, wir gehen da mal rauf«, ordnete Thekla an. Jedenfalls klang dieser Ton von Thekla für Robert, wie eine Anordnung.

Sie kletterten den mit Wiese bewachsenen Hang, seitlich an der Unterführung, hinauf. Robert wollte Thekla behilflich sein und beeilte sich, als erster oben zu sein und ihr die Hand zu reichen. Dabei rutschte er aber auf der Böschung aus und rutschte auf beiden Knien etwas den Abhang hinunter. Danach sah seine Hose an den Knien entsprechend grün aus.

»Tolpatsch«, dachte Thekla.

Nun half sie ihm über die Leitplanke, die den Feldweg zur darunter liegenden Fahrbahn absicherte.

»Guten Morgen«, sagte sie in Richtung der Kollegen, wobei sie ihren Dienstausweis hochhielt. »Sommer und der Kollege Hanf, Kripo Siegburg. Was ist hier passiert?

«.

In diesem Moment versuchte Alfred Bollenkamp über
Funk die beiden Kollegen darüber zu informieren, dass
aus Rheinbach ein Mord gemeldet wurde, der dem vom
Vortag ähnelt. Dies bekamen die Kommmissare aber
nicht mit. Daraufhin klingelte das Telefon von Thekla.

»Sommer?«, meldete sich Thekla kurz. »Ach Fred, ja,
- wir sind schon hier«.

»Wie Ihr seid schon da, - wieso das denn? «

»Wir waren gerade auf dem Weg zu recherchieren und
sind zufällig hier vorbeigekommen. Wir machen uns ein
Bild und lassen erst einmal alles absperren. Schick bitte
die Spurensicherung, scheint umfangreich zu werden«.

Thekla legte auf.

»Also«, begann ein älterer, erfahren wirkender
Kollege der Dienststelle Rheinbach, »wir haben hier eine
männliche Leiche, festgebunden mit einem Hanfseil am
Brückengeländer. Unten herum unbekleidet. Die Hose
haben wir ein paar Meter weiter im Gebüsch gefunden.
Getötet, vermutlich durch den Pfeil einer Armbrust,
dieser steckt in seiner Brust. Was verwundert, ist, dass in
seinen Genitalen ebenfalls ein Pfeil steckt. Vermutlich

abgeschossen, als er bereits tot war. Wie sie sehen ist hier alles voller Blut, auch unter der Brücke auf der Fahrbahn«.

»OK, - lassen Sie bitte alles weiträumig mit Flatterband absperren. Den Feldweg hier zur Brücke hin, auf beiden Seiten etwa in fünfzig Metern. Die Straße unter der Brücke, am besten bereits in Meckenheim und auf der anderen Seite in Wormersdorf. Wissen Sie wer der Mann ist? «.

»Der Vorstand des Schützenvereins dort hinten«, der Beamte zeigte in Richtung der Plantagen. »Dort hinten ist ein Schießstand für Bogen- und Armbrustschützen«.

»Tja, da wollten wir eigentlich hin. Die haben doch heute Vormittag Training, nicht wahr? «

Der Kollege zuckte mit den Achseln.

»Hier liegt was«, rief Robert, der sich etwa zehn Meter entfernt umschaute. Wahrscheinlich eine Armbrust in der entsprechenden Hülle zum gefahrlosen Transport«.

»Nicht anfassen, die Kollegen von der Spusi sind bereits auf dem Weg«.

»Bin ich Anfänger, so wie Lisa Drollig«, knurrte Robert vor sich hin.

Bereits kurze Zeit später hielten zwei weiße VW-Busse mit der schwarzen Aufschrift >POLIZEI<, vor der Brücke. Aus jedem Bus stiegen drei, ganz in weißen Cellophan Anzügen bekleidete Männer aus und machten sich mit Koffern und speziellen Lampen und Apparaturen, auf den Weg nach oben zu der Leiche.

»Moin, - so jetzt mal alle weg hier. Am besten so einhundert Meter. Wir haben genug zu tun. Alles weitere später, wenn wir fertig sind«, sagte der Leiter der Abteilung in einem sehr harschen und bestimmenden Ton.

»Wir kümmern uns jetzt zunächst mal um die da drüben«, Thekla zeigte in die Richtung, in der die Schiessanlage liegen musste.

Mit dem Auto waren es tatsächlich nur zwei Minuten. Es standen mehrere Autos und Fahrräder vor dem kleinen Clubhaus. Im hinteren Bereich des Platzes sah man etwa ein halbes Dutzend Menschen stehen, die gebannt in Richtung der aufgestellten Zielscheiben schauten.

»Die kann ich ja noch nicht mal mit meiner Walter PPK treffen«, sagte Robert.

»Schau mal genau hin, die haben alle Zielfernrohre auf den Armbrüsten«, meinte Thekla.

»Halt, wo wollen Sie hin, hier ist Privatgelände und nur für Mitglieder des Vereins«.

Die Kommissare stellten sich vor.

»Sind denn alle Mitglieder hier beisammen? «, fragte Robert und schaute in die Weite.

Der nette Herr, der die beiden aufgehalten hatte, schaute sich um. Dann nickte er und meinte: »Ja, alle da, bis auf Toni, den Vorsitzenden, aber das sind wir gewohnt. Sonntagsmorgens ist der entweder beim Frühschoppen oder er ist beim Liebesspiel bei seiner neuen Geliebten aus Oberdrees. Aber sagen Sie mal, warum wollen Sie das denn alles wissen? «

»Auf der Brücke da hinten, über die dieser Feldweg führt, ist jemand mit einer Armbrust ermordet worden. Das muss wohl heute Morgen passiert sein, da das Blut noch ganz frisch war, als wir ankamen. Wie sind Sie denn hierhin gekommen?«

»Na, wir kommen immer von der Wormersdorfer Seite. Der Weg von der Hauptstraße hier hin ist asphaltiert. Aber wer ist denn der Tote? «

»Das wissen wir noch nicht so genau«

Einige der Schützen, die mittlerweile auch hinzugekommen waren, wollten sofort los um zu sehen, was geschehen war.

»STOP«, rief Thekla in ihrem unverkennbaren Ansageton, »erst einmal bekommen wir von allen Anwesenden die Personalien. Da hinten gibt es sowieso nichts zu sehen. Alles weiträumig abgesperrt. Die Kollegen von der Spurensicherung sind vor Ort und bis die Leiche abtransportiert ist, bleibt alles gesperrt«.

»Aber wir wollen doch nur sehen, ob es Toni ist. Er ist doch nicht hier«.

»Das werden Sie schon früh genug erfahren. Im Laufe unserer Ermittlungen werden wir Sie alle aufsuchen und befragen. Also, bitte nennen Sie nacheinander, meinem Kollegen und mir, Ihre Namen, Anschriften und was Sie gemacht hatten, bevor Sie hier zum Training eintrafen«.

Nach einer halben Stunde waren sie mit der Aufnahme der Personalien fertig. Jeder der Befragten durfte nun das Gelände verlassen, aber nicht in Richtung Tatort, an dem Thekla und Robert einige Minuten später eintrafen. Die Kollegen der Spurensicherung waren im peripheren

Umfeld, noch mit ihrer Arbeit beschäftigt, aber der Leiter der Gruppe kam auf die beiden zu.

»Also«, begann er sofort, »der Mann ist von zwei Pfeilen getroffen. Der erste traf ihn mitten ins Herz und war tödlich. Der zweite Pfeil wurde >post mortem< in die Genitalien des Mannes geschossen. Der Fundort ist der Tatort, da keinerlei Blutspuren auf ein Verbringen der Leiche hindeuten, lediglich ein paar, etwa zwei Meter lange, blutige Schleifspuren. Das Auffällige ist, der Tote wurde erst nach der Tat an das Brückengeländer gebunden, als eine Art Mahnmal. Der Kollege Sieges, der Schutzpolizei hier aus Rheinbach, der auch als erstes nach der Alarmierung hier eintraf, hat den Toten bereits als jemanden aus seinem Bekanntenkreis identifiziert. Es handelt sich um Toni Schumann, hier aus Wormersdorf. Ihm gehören hier die Obstplantagen, auch der Schützenplatz dort hinten gehört ihm. Dort war er Vereinsvorsitzender. Wir vermuten, er war auf dem Weg dorthin, da wir in der gefundenen Schutzhülle, dort vorne, eine sehr hochwertige Armbrust mit einem Dutzend Pfeilen gefunden haben. Eindeutig nicht die Pfeile, mit denen er ermordet wurde«. Der Chef der

Spurensicherung ging wieder zur Leiche. Plötzlich drehte er sich um. »Ach ja, - wir haben an dem Hanfseil und im Schulterbereich des Toten, Haare finden können, die nicht zum Toten gehören. Vielleicht vom Mörder, beim Hochheben und gleichzeitigem Festbinden des Toten. Braucht Ihr mich noch? «

»Nein, Danke«, kam Theklas Antwort.

Sie machte noch mit ihrem Smartphone ein Bild vom Gesicht des Toten. Dann verließen sie den Ort des Geschehens und fuhren zu der ermittelten Adresse des Opfers. Sie fuhren in einen riesigen Hof, der neben dem doppelstöckigen Wohnhaus auch eine Scheune, eine Lagerhalle und einen Unterstand für zwei Traktoren, mehrere Anhänger und fahrbare Gerätschaften zum Bewässern und Versprühen von irgendwelchen Schutzmitteln, beherbergte.

»Die scheinen ja mächtig Geld zu haben«, war Roberts erste Bemerkung, als er das sah.

»Nur, - was hat er jetzt davon? Geld macht nicht unbedingt glücklich, unter Umständen macht es auch Neider und Feinde«.

»Da hast Du wohl recht. Eigentlich doch gut, dass ich

nur ein mickriges Beamtengehalt habe «, Robert grinste.

Der Motor war noch nicht abgestellt, da erschien Frau Schumann bereits in der Türe.

»Ich habe Sie vom Küchenfenster gesehen. Sie kommen bestimmt wegen dem Traktor, den mein Mann verkaufen möchte. Er ist noch beim Training auf dem Schießgelände. Wissen Sie, er ist Vorsitzender des Armbrustschützenvereins. Soll ich ihn anrufen und sagen, dass Sie schon da sind? «

»Frau Schumann, wir möchten zu Ihnen. Sommer von der Kripo Siegburg, das hier ist mein Kollege Hanf«. Beide zeigten ihre Ausweise.

»Kripo? zu mir?, was habe ich falsch gemacht? «

»Sie haben nichts falsch gemacht, Frau Schumann. Dürfen wir reinkommen? «

Sie betraten den Dielenbereich und es duftete herrlich nach geschmortem Fleisch.

»Ich muss kurz in die Küche, den Herd etwas kleiner stellen. Mein Mann hat sich zum Mittagessen Gulasch mit Spätzle und Rotkraut gewünscht. Seine Lieblingsspeise«.

Sie folgten Frau Schumann in die Küche.

»Ist das Ihr Mann?«, Thekla zeigte das Bild auf Ihrem Handy.

»Ja, - oh Gott, wie sieht der denn aus? «, erschrocken ließ sie den Holzlöffel fallen, mit dem sie gerade noch das Gulasch umgerührt hatte. Der weiß gefliese Boden war voller brauner Soßenflecken.

»Frau Schumann, wir müssen Ihnen leider mitteilen, dass Ihr Mann Opfer eines Tötungsdeliktes geworden ist«.

Erschrocken und blass wie die Wand setzte sich Frau Schumann auf einen Stuhl der nahen Essecke. Robert blinzelte zum Gulaschtopf und sah, dass er eigentlich fertig sein müsse. Wie gerne hätte er jetzt einen Teller davon gegessen. Der Ehemann konnte es doch nun sowieso nicht mehr genießen.

»Frau Schumann, hatte Ihr Mann Feinde? Vielleicht sogar im Schützenverein? «

»Nein«, sie sah immer noch fassungslos zu Thekla hinüber, »mein Mann war ein Herz von einem Mann. Unsere Angestellten, Nachbarn und Bekannten, mochten Ihn sehr. Moment…«, sie überlegte kurz, »da war letztens etwas in der Post, - nein, - eine eMail«. Sie ging ins Nebenzimmer und kam mit einem Laptop zurück. Nach kurzem Anmelden und Einloggen im Programm, zeigte sie eine Mail mit dem Absender: ICH. Der Text lautete:

Du blöder Hund, - Du Betrüger. Meinst Du, Du kommst damit durch? Mein Geld hast Du genommen, aber die Ware die Du geliefert hast, ist minderwertiger Schrott. Ich will innerhalb von 3 Tagen mein Geld zurück, - sonst passiert ein Unglück.

»Von wem kann das sein? Was hat Ihr Mann dazu gesagt? «

»Er sagte nur, dass es irgend so ein Spinner sei «

»Wir müssen den Laptop mitnehmen. Sie bekommen ihn wieder, sobald wir den Absender ermittelt haben «.

Robert notierte sich die Zugangsdaten und nahm das Gerät unter den Arm. Als die Beiden das Haus verließen, sagten sie noch, dass Sie Bescheid bekäme, sobald die Leiche aus der Gerichtsmedizin freigegeben würde.

Sie fuhren zurück nach Siegburg ins Präsidium. Unterwegs klingelte Thekla's Handy. Bollenkamp war dran und er tobte, dass bereits die Presse bei ihm sturmklingeln würde. Zwei Morde in zwei Tagen. Das riecht nach Serie, zumal wahrscheinlich die gleiche Mordwaffe. Thekla würde sofort zur Leiterin einer Sonderkommission berufen und bekäme ab sofort vier Kollegen zusätzlich zugeteilt. Ebenfalls würde er bei einem Krisentreffen der gesamten SoKo, am Nachmittag, zugegen sein und die Vorgehensweise überprüfen. Er legte auf.

»Oh Mann, - der war aber geladen«, meinte Thekla, als sie das Handy einsteckte. »"Krisentreffen", "Sonderkommission", "zugegen sein". So habe ich den ja noch nie erlebt«.

»Ich krieg auch 'ne Krise, wenn ich an das schöne Gulasch denke und daran, dass aus einem Mittagessen nun nichts wird. Höchstens ein Milchbrötchen von der Tankstelle«, murrte Robert vor sich hin.

Als sie im Büro eintrafen, waren bereits alle Kollegen dort. Sie waren von Fred Bollenkamp über Handy, wegen diesem Krisentreffen, einberufen worden. Alle mussten ihre Ermittlungen abbrechen und kommen.

»Möglicherweise haben wir es mit einem

Serienmörder zu tun «, begann Bollenkamp, sichtlich erregt, seine Ausführungen. »In Anbetracht der gleichen Mordausführung und dem Umstand, dass bei dem einen ein Kondom und bei dem anderen eine "Übertötung" durch den Schuss in die Genitalien, vorliegt, können wir durchaus von einer sexuell motivierten Tötung ausgehen. Wir brauchen schnellste Ergebnisse, da uns die Presse bereits auf den Füssen steht. Kollegin Thekla Sommer wird zur Leiterin der >SOKO Armbrust< berufen. Die vier Kollegen«, er zeigte auf die bei den anderen Abteilungen abgezogenen Leute, »werden die SoKo tatkräftig unterstützen. Bitte alle neuen Erkenntnisse, nach den abendlichen Teambesprechungen, am mich weiterleiten. Danke. «

Alfred Bollenkamp verließ den Besprechungsraum, nachdem er Thekla wohlwollend zunickte.

»Ihr habt es gehört, wir brauchen schnellste Ergebnisse «, Thekla stellte sich neben eine Flipchart und skizzierte die einzelnen Vorgehensweisen der ausgewählten Zweierteams. Man würde den Täter recht bald ermitteln und dingfest machen, so glaubte sie.

58

»Kann es denn nicht sein«, meldete sich Lisa Drollig, die Kollegin mit der Thekla noch ein ernstes Wort reden wollte, da sie am Morgen nicht pünktlich ihren Dienst begonnen hatte, »kann es nicht sein, dass wir nach einer Täterin suchen müssen, die aus Wut und abgrundtiefem Hass die "Übertötung", in das Teil da unten, von dem Mann, vorgenommen hat. Ich meine, - sowas tut ein Mann doch nicht. Haben die Männer so etwas wie einen Ehrencodex? Habe ich jedenfalls so auf der Polizeischule gelernt«.

»Guter Einwand«, warf Peter Ludwig, einer der Stammkollegen Thekla's, ein. »Ein Mann würde sowas doch nicht tun, einem anderen Mann Schmerzen im Genitalbereich zufügen. «.

»Das Opfer hatte bei dem zweiten Schuss keine Schmerzen mehr. Der war bereits nach dem ersten Schuss tot «, meinte Robert.

»Wie dem auch sei«, sagte Thekla, »wir müssen alles in Betracht ziehen, als Täter kommen erstmal Männer und Frauen in Betracht. Abwarten ob die gefundene DNA der Haare etwas ergibt, die am Seil der zweiten Leiche gefunden wurden.

Thekla teilte erneut die entsprechenden Leute in kleine Einheiten ein und verteilte einzelne Zuständigkeiten. So hatte sie es in den Kriminal Lehrgängen und auch bereits früher, im Privatem, von ihrem Vater gelernt. Er war damals Hauptkommissar bei der Kripo in Bonn, Abteilung Kapitalverbrechen.

Alle verließen zeitgleich das Dienstgebäude und stiegen in die Dienstwagen. Da nicht genug Fahrzeuge bereitstanden, nahm Thekla wieder ihren Twingo. Sie dachte, als Robert sich neben sie setzte und sich anschnallte, daran, dass heute wieder nichts daraus werden würde, dass sie ihm ihre Liebe gestehen wollte. Anscheinend hatte die Vorsehung was dagegen.

Noch während der Fahrt erhielten sie das erste Ergebnis einer Recherche. Die Kollegin Sybille Salz hatte auf dem Beifahrersitz des Dienstwagens, in dem sie mit Peter Ludwig saß, im Internet recherchiert, dass Petra Schumann, die Ehefrau des zweiten Mordopfers, eine geborene Eisenhut war. Die Schwester des ersten

Mordopfers. Ob und inwieweit es da Zusammenhänge gab, wolle sie jetzt als erstes ermitteln.

»Gut gemacht Sybille, - wenigstens eine, die mitdenkt und nicht immer die Gedanken beim Essen und bei geschmortem Gulasch hat «, Thekla musste grinsen und schaute aus den Augenwinkeln in Richtung Robert, »klar, - fahrt am besten gleich zu der Charlotte Eisenhut nach Oberdrees. Wir reden heute Abend bei der Dienstbesprechung. Danke und Tschüss«.

Peter und Sybille trafen in Oberdrees ein. Sie hatten die Aufgabe erhalten, im nahen Umfeld der Eisenhuts zu recherchieren und begannen am Wohnort des Opfers. In der Schulstraße, eine Parallelstraße des Anwesens von Familie Eisenhut, waren viele Parkplätze frei. Sie begannen mit der Befragung der Passanten. Der Ruf von Dr. Eisenhut war allseits als sehr zuverlässig und den Vereinen gegenüber als spendabel zu bezeichnen. Anders bei der Ehefrau. Hier war die Meinung gespalten. Einige hielten sie sogar für durchtrieben und hinterlistig.

»Die hatte es doch nur auf's Geld abgesehen. Schauen Sie sich doch mal den Altersunterschied an. Das

Miststück hat doch nichts richtig gelernt und wollte sich doch nur ins gemachte Nest setzen«, meinte einer der Dorfbewohner.

Ein anderer sagte, »Man sagt sich, er sei mit einer Armbrust erschossen worden, stimmt das? «

»Dazu können wir derzeit noch keine Auskunft geben. Die Ermittlungen stehen gerade am Anfang und zu Details dürfen wir nichts sagen«, erwiderte Peter.

»Na ja, auf jeden Fall sollten Sie mal bei dem Vater dieser Charlotte Eisenhut nachfragen. Der war, soweit ich weiß, Mitglied in so einem Verein. Früher hatte er mal mit Pfeil und Bogen geschossen, aber dann hat er irgendwann zur Armbrust gewechselt. Man weiß ja nie? «

»Wo wohnt denn der Vater? «

»Soweit ich weiß, in Rheinbach in der Martinstraße. Nein, warten Sie. Das heißt da Pützstraße, genau parallel zur Martinstraße. Dort auf dem Grünstreifen ist ein Stück des alten Römerkanals ausgestellt. Ein Stück einer römischen Wasserleitung, die aus der Eifel bis nach Köln, frisches Trinkwasser lieferte. Die wurde bereits etwa 80 n.Chr. gebaut. Das Ausstellungsstück, das man dort sieht, ist in der Nähe von Mechernich ausgegraben und hierhin transportiert worden. Ein Stück >Römergeschichte<. Wir haben hier …«,

»Ja, sehr interessant«, unterbrach Sybille Salz, »aber uns interessiert jetzt der Verstorbene mehr. Haben Sie sonst noch eine Information für uns? «

»Nein, - aber ich muss jetzt auch mit dem Hund weiter Gassi gehen, Sie entschuldigen«. Ohne eine Antwort abzuwarten drehte er sich um und ging weiter.

Die Ermittler gingen weiter in Richtung des Anwesens, der Eisenhuts.

»Da in der Pützstraße sollten wir vielleicht wirklich mal vorbeischauen. Jeder Hinweis kann wichtig sein und wenn der auch so eine Armbrust hat.... Irgendwie könnte das ja auch zu beiden Fällen passen«.

Durch die Hecke sahen sie, wie ein gutgebauter Mann mit freiem Oberkörper, einer kreischenden Frau, nur mit Shirt und Badehose bekleidet, über den frisch gemähten Rasen, hinterherlief. Sie tobten beide ausgelassen um einen Swimmingpool herum.

»Das muss die Frau Eisenhut mit dem Trainer sein«, mutmaßte Peter Ludwig.

»Einen Tag nachdem ihr Mann ermordet wurde«,

Sybille schüttelte ihren Kopf, »hat die denn keinen Anstand und vor allem, keine Trauer?«

Die beiden staunten, als ihnen zu diesem Zeitpunkt ihre Kollegen, der anderen Einsatztruppe, ihrer Sonderkommission, um die Ecke entgegenkamen.

»Was macht Ihr denn hier? «, fragte Peter erstaunt.

»Na ja, wir sollen alles rund um den Ivan Domino, dem Trainer und Yogalehrer aus Meckenheim, ermitteln. Dabei haben wir erfahren, dass er sich wohl hier, bei seiner möglichen Geliebten aufhalten soll. Wie man sieht, waren unsere Informationen richtig«.

»Und wir haben eine weitere Spur, nach Aussage eines Anwohners hier aus Oberdrees, erhalten, dem wir nachgehen sollten. Jemand aus Rheinbach, mit einer Armbrust. Wir fahren da jetzt hin und ermitteln dort«. Robert und Sybille gingen zum Auto und fuhren an die besagte Adresse. Zweieinhalb Kilometer waren es nur, da stiegen sie schon wieder aus.

»Da schau«, sagte Sybille, »da steht das Stück der Wasserleitung«. Sie zeigte auf ein etwa drei Meter langes und etwa einmeterfünfzig hohes Ausstellungsstück des antiken Römerkanals. Überbaut mit einem, an ein

Carport erinnerndes Dach aus Holz und Schieferplatten.

»Hier muss er wohl irgendwo wohnen«.

Nachdem einige Anwohner befragt wurden, hatte man schnell die Adresse herausgefunden.

»Wir stehen fast davor und sehen es nicht, - so geht Polizeiarbeit«, Peter grinste, als er das sagte.

Peter klingelte. Nach einer Weile öffnete ein ziemlich düster blickender und unrasierter Mann, vielleicht so um die sechzig Jahre.

»Guten Tag, Kripo Siegburg, sind Sie Herr Volker Icke, der Vater von Charlotte Eisenhut? «

»Ja der bin ich und worum geht´s? «

»Dürfen wir mal reinkommen, wir hätten da mal einige Fragen zu Ihrem toten Schwiegersohn und dem toten Schwager Ihres Schwiegersohns? «

»Oh, ist der auch tot? Ist nicht schade um ihn, so wie der auf einem hohen Ross saß«.

»Dürfen wir denn jetzt reinkommen«, wiederholte Sybille ihre Frage.

Der Mann machte die Türe halb zu und stand nun an den Türrahmen gelehnt.

»Nein, das passt gerade nicht. Worum geht´s denn? «

»Haben Sie eine Armbrust und sind Sie in einem Verein? «

»Die ist mir bei einem Einbruch, vor knapp einem Monat, gestohlen worden. Das habe ich hier bei der Polizeistation in Rheinbach gemeldet und nein, ich bin in keinem Verein mehr. Ich war im Bonner Bogen- und Armbrust Schützenverein, aber da bin ich seit fast einem halben Jahr nicht mehr. So, - war´s das? Herr Icke wollte die Türe schliessen.

»Einen Moment noch«, Peter Ludwig schien jetzt energischer zu werden.

»Wo waren Sie gestern Morgen und heute Morgen? «

»Also hört mal, wir haben Sonntag, da schlafen anständig arbeitende Menschen gerne etwas länger. Meine Frau kann das bestätigen und gestern, da kam ich gerade von einer Kegeltour zurück. Etwa acht Zeugen. Reicht das? «.

»Für's erste ja, aber machen Sie bitte eine Liste mit Namen der Kegelbrüder. Wir werden das überprüfen«.

»Herrschaftszeiten …«, mürrisch lehnte er die Tür an den Rahmen und kam nach fünf Minuten mit einem Zettel wieder. Handschriftlich hatte er einige Namen darauf gekritzelt.

»Die werden sich bedanken, dafür belästigt zu werden. So, - ich hätte jetzt gerne meine Ruhe. Wenn Sie entschuldigen...«, mürrisch schloss er die Türe.

Die beiden Kripoleute schauten sich fragend an.

»Da stimmt was nicht, den sollten wir im Auge behalten«, sagten beide fast gleichzeitig.

Zur gleichen Zeit waren Thekla Sommer und Robert Hanf in Wormersdorf im Einsatz. Sie recherchierten im Umfeld des toten Toni Schumann, bei Freunden sowie den Nachbarn. Die Meinungen über den toten waren gespalten. Die einen sagten, er hätte sich sehr gut um die Ortsgemeinschaft gekümmert, sei in vielen Vereinen gewesen und habe auch bei den Dorffesten die Initiatoren finanziell unterstützt. Als Nachbar und Geschäftsmann sei er immer sehr aufrichtig und vorbildlich gewesen. Auch sei sein soziales Engagement hinsichtlich der Kirchengemeinde und den Kindergärten als lobenswert zu erwähnen. Manche jedoch sprachen Sachen aus, unter denen die Ehefrau im Geheimen bestimmt litt und sie recht traurig hätte werden lassen müssen. Den Umstand nämlich, dass der Toni es mit der partnerschaftlichen Treue nicht immer so genau nahm. So manch eine Liebschaft hier aus dem Dorf, aber auch aus den Orten rund um Rheinbach, hätte er schon beglückt. Bei den Stammtischen hatte er damit immer geprahlt. Er sei nicht nur ein großer Unternehmer und spendabler Gönner, sondern er würde sich bei den Mädels immer als "ganzer Kerl" präsentieren.

»Sowas frustriert natürlich jede Frau. Da können durchaus schon mal Rachegelüste aufkommen«, meinte Thekla.

»Das mag schon sein«, bestätigte Robert, »doch bedenke, für heute Morgen hat sie ein vorbildliches Alibi. Denk nur an das Gulasch, der kocht sich nicht von alleine«. Er grinste, denn er wusste, was er gesagt hatte war natürlich spaßig gemeint.

Sie klingelten auf dem Gehöft der Familie Schumann an der Türe des Haupthauses, welches sie am Mittag schon einmal verlassen hatten. Frau Schumann öffnete anscheinend gut gelaunt, die Haustüre. Im Hintergrund hörte man lautes Gekichere.

»Haben Sie etwas zu feiern? Oder warum ist eine

solche Heiterkeit. Sie sind doch heute Morgen erst Witwe geworden«, Robert sprach Frau Schumann, sehr irritiert an.

»Nein, das sind alles Dorffrauen von hier. Wir hatten gerade Gesprächsthemen längst vergangener Zeiten, als wir alle noch nicht verheiratet waren und die Jungen hier aus dem Dorf, um uns geworben hatten. Auf was für Ideen die damals kamen und wie sie sich gegenseitig verdrängt hatten, bei dem Kampf um's Wohlwollen einer Angebeteten«.

»Dann wollen wir Ihr Beisammensein nicht stören. Wenn Sie uns aber einige kurze Fragen beantworten könnten? «

Frau Schumann nickte, schaute sich aber um, in Richtung des Wohnzimmers. Sie trat einen Schritt heraus und schloss die Haustüre, bis auf eine spaltbreite Lücke.

»Frau Schumann«, begann Thekla die Befragung, »hatten Sie keinen Hass oder Gedanken der Rache, wenn Sie von den Liaisons Ihres Ehemanns erfuhren? «

Es war offensichtlich, dass es ihr sehr peinlich war, eine solch intime Frage gestellt zu bekommen. Thekla merkte es sofort, da sich die Körperhaltung versteifte und der Blick bei der Beantwortung ins Weite ging.

»Wissen Sie, wir Frauen hier auf dem Land, die schon über vierzig sind, haben gelernt, dass unsere Männer bei der schweren körperlichen Arbeit und dem "sich gegenüber den anderen beweisen müssen", ab und zu über die Strenge schlagen. Das geschieht nicht nur beim Frühschoppen oder dem Dorffest, sondern manchmal auch, indem die Männer anderen Röcken nachschauen und sie sich dann auch, wenn die ungebundenen Frauen mitmachen, schon mal eine Art Bestätigung holen. Wir wissen, dass unsere Kerle immer wieder zu uns zurückkommen. Deshalb lassen wir es laufen, wie es läuft«.

»Na ja, das kann man glauben oder auch nicht. Unter uns Frauen können Sie mir nicht sagen, dass es so einfach an Ihnen vorbeiging«.

»Ich hab schon abends im Bett geweint, wenn ich mal wieder alleine war. Manchmal hab' ich ihm dann auch etwas nicht so schönes gewünscht oder es kamen Gedanken der Rache, aber das war am nächsten Morgen wieder vergessen. Bei der täglichen Arbeit vergehen die Gedanken. Das kennen Sie doch bestimmt auch? «

Thekla schaute kurz zu Robert rüber. Dann schüttelte sie den Kopf und sagte, »Nein Frau Schumann, dass kennen wir nicht. Ich muss Sie das jetzt fragen, wo waren Sie heute Vormittag? «

Mit aufgerissenen Augen antwortete sie, »Na hören Sie mal, Sie glauben doch nicht, dass ich…! Sie haben mich doch beim Kochen überrascht. Meine Schwiegermutter war auch noch kurz vor Ihnen hier. Sie hatte mir frischen Rotkohl gebracht, den wir zusammen vorbereiteten«.

»Was sagen Sie denn zu dem Tod Ihres Bruders, vorgestern Morgen. Sehen Sie da vielleicht einen Zusammenhang? Immerhin wurden beide auf die gleiche Art und Weise getötet. «

Frau Schumann schluchzte nun.

»Da sehe ich keinen Zusammenhang. Mein Mann mochte meinen Bruder nicht. Der war ihm zu versnobt. Er hatte viel mehr Geld als wir und auch sein Ansehen in Rheinbach war sehr hoch«.

»Können Sie sich vorstellen«, fragte Robert jetzt nach, »dass sich Ihr Mann, der sich, wie wir jetzt wissen, nicht immer ehegerecht verhalten hatte, mit Ihrer Schwägerin, der Charlotte …? Er ließ die Frage wirken, auch wenn er sie bewusst nicht ausgesprochen hatte.

Nun schaute sie ihm voll in die Augen. Es spiegelte sich nun die Sehnsucht nach Mitleid aber auch Hoffnungslosigkeit darin.

»Ich glaube, die hatten was miteinander«, gestand sie leise ein.

»Und da haben Sie durchgedreht? «

»Nein, - ich habe meinen Mann doch sehr geliebt«.

»Vielen Dank Frau Schumann, das ist alles für's erste. Können Sie bitte morgen im Polizeipräsidium vorbeikommen und das alles nochmal zu Protokoll geben? «

Nickend öffnete sie die Haustüre wieder und verschwand schweigend im Inneren.

»Das war eine kluge Frage mit der Schwägerin. Darauf war ich nicht gekommen«, gestand Thekla, als sie wieder im Auto saßen.

»Du denkst eben nicht wie ein Mann«.

»Der nicht nur mit dem Kopf denkt? « vollendete Thekla den Satz als Frage gestellt.

Robert warf ihr nun einen bösen Blick zu. Hatte er

doch mit seiner Frage bestimmt in ein Wespennest gestochen. Wenn da mal nicht noch mehr ans Tageslicht kommen würde?

*

Jana Kaminski lehnte sich entspannt zurück in den Stuhl der Pizzeria.

»Puh«, sagte sie, nachdem sie sich die Lippen mit der Serviette gesäubert hatte, »so leckere hausgemachte Tagliatelle habe ich lange nicht mehr gegessen«.

David nickte zustimmend,

»Und so eine gute >Pizza BBQ< habe ich noch nicht gekannt. Das war eine echt klasse Idee von Dir, Opa, uns hierhin einzuladen «.

»Ach, dass hab' ich richtig gerne gemacht. Dass es Euch beiden so gut geschmeckt hat, freut uns sehr«, er schaute rüber zu seiner Frau Franziska, und lächelte, »aber das mit dem "OPA" lassen wir ab jetzt bitte. Das macht einen so furchtbar alt und ich fühle mich doch wie in der Mitte meines Lebens. Also, lass das bitte und nenn' mich einfach Peter, ja? «

David schaute fragend zu Jana rüber, runzelte seine Stirn, als hätte er nicht richtig verstanden, sagte dann jedoch: »Na klar, Peter, mach ich doch gerne. Trotzdem bleibst Du immer mein Opa. Für mich bist Du weder jung noch alt, - Du bist einfach mein Opa, von dem ich bereits viel gelernt habe, durch den ich aber hoffentlich auch weiterhin noch einiges lernen werde«.

»Was macht eigentlich meine Tochter, meine liebe Thekla? «, wechselte er schnell das Thema.

»Ach Mama, - von der hört man recht wenig. Seitdem ich bei Papa wohne, um näher bei Jana zu sein, hab' ich nicht viel von ihr mitbekommen. Sie ist ja fast nur noch mit ihren Fällen beschäftigt, auch gerade jetzt wieder«.

Peter Sommer lehnte sich entspannt zurück, bestellte bei der gerade vorbeigehenden Serviererin noch zwei Espressi und zwei Coke, bevor er in den Himmel schaute und meinte:

»Da hat sie wohl etwas Positives vom Vater mitbekommen. Während meiner Dienstzeit bei der Mordkommission in Bonn, hat es mich auch immer gedrängt, die Fälle aufzulösen, mit denen ich betraut wurde. Es gelang mir nicht immer, jedoch habe auch ich mich sehr oft und sehr lange, mit den einzelnen Fällen beschäftigt. Ich glaube, da ist Deine Mutter genauso. Mir kommen ja hin und wieder von den Ex-Kollegen aus Bonn, so manch interessante gelöste Fälle meiner Tochter, zu Ohren. Gerade letztens, der Fall hier aus Bornheim, das war ja auch kein leichter Fall, wie ich gehört habe, aber die kriminalistische Spürnase«, er tippte mit dem Zeigefinger an seine Nase, »die hat sie wahrscheinlich von mir«.

»Bestimmt sogar, Opa, - ich meine, Peter«.

Alle lachten und plauderten noch eine Weile über das Restaurant, die Schule und über die junge Liebe, die David und Jana verband.

Ein paar dicke Wolken zogen von Niederkassel über den Rhein kommend auf. David meinte zu Jana, »Bevor wir nass werden, lass uns lieber losfahren. Wir brauchen noch eine Weile bis zu Hause«.

»Gerne«, entgegnete sie.

»Vielen Dank Euch beiden, für die herzliche Einladung und das liebe Gespräch«.

David stand auf, reichte den beiden die Hand und machte, da kam die gute Erziehung zum Vorschein, einen leichten Nick mit dem Kopf. Dies registrierten Peter und Franziska und als die Beiden mit dem Motorroller in Richtung Siegburg davonfuhren, sagte Peter voller Stolz zu seiner Frau:

»Ein toller Junge mit guten Manieren. Das hat Thekla gut hinbekommen«.

*

Bei der allabendlich stattfindenden Fallbesprechung im Kommissariat der Polizeibehörde in Siegburg war eine gewisse Spannung im Raum zu spüren. Jedes kleine Team hatte etwas herausbekommen, was sich zu einer Spur entwickeln könnte. Thekla schlug vor, das alles an dem fast wandgroßen Whiteboard, zu visualisieren. Das Whiteboard, eine Magnettafel an der man Bilder oder Notizen mit Magneten befestigen konnte, auf der man aber auch mit speziellen, farbigen Stiften, Verbindungslinien ziehen und Beschriftungen vermerken konnte, eignete sich gut für das Erläutern von Zusammenhängen, da man hier auch schnell Umstände und Fakten berichtigen konnte. Bei all den festgestellten Verbindungen der beiden Toten, ergab sich allerdings, außer dass sie verschwägert waren, kein weiterer Berührungspunkt.

»Lasst uns morgen früh weiter machen. Ausgeruhte Gedanken kommen vielleicht schneller ans Ziel«, meinte Thekla in die Runde, und beendete die Besprechung. Dies hatte sie bei einem Führungslehrgang an der Polizeischule für Kommissare, gelernt.

Zufrieden mit der Entscheidung nickten alle, während sie ihre Aufzeichnungen einräumten.

»Also dann, - bis morgen«, sagte Thekla in die Runde.

Als alle weg waren, fragte Robert:

»Hast Du noch Lust auf einen Absacker? «

Thekla schaute auf und dachte an ihr Vorhaben von gestern Abend und der Abfuhr, die er ihr erteilt hatte.

»Heute kein Kumpelsabend? «

»Nein, heute liegt nichts an«, entgegnete er, »hast Du Lust? «

Sie willigte ein. Ein oder zwei kühle Kölsch würden ihr jetzt bestimmt guttun. Vor allem hätte sie dann auch bestimmt den Mut, Robert endlich zu fragen, ob sie es nicht versuchen sollten, einen gemeinsamen privaten Lebensweg, zu gehen. Der Biergarten in der

Stammkneipe in Siegburg-Stallberg, in der Nähe von Theklas Zuhause, war schwach besetzt. Irgendwie war Robert privat ganz anders als beruflich. Er schien viel vertrauter bei diesem Beisammensein. So nahm er auch diesmal nach dem zweiten Bier ihre Hand, die auf dem Tisch lag, in seine, wobei er ihr tief in die Augen blickte. Konnte er etwa ihre Gedanken lesen?

»Was ich Dich die letzten Tage schon mehrmals fragen wollte, könntest Du Dir vorstellen …? «

»Ja, das kann ich«.

Langsam näherten sich ihre Gesichter einander an, bis sich ihre Lippen miteinander verschmolzen.

»Ich meine nicht nur für eine heiße Nacht«, hauchte Thekla.

»Ich auch nicht«, kam die Antwort.

Schnell packten sie ihre Sachen zusammen und beim Hinausgehen legte Robert einen zwanzig Euro Schein auf den Tresen. Der Wirt, der gerade Bier zapfte, schaute auf und wollte auf das Wechselgeld aufmerksam machen. Da jedoch waren sie bereits aus der Türe und gingen Hand in Hand, schnellen Schrittes in Richtung einer wundervollen Nacht.

Als das Handy um sieben Uhr klingelte, wachte Thekla auf. Sie schaute neben sich, doch von Robert war nichts zu sehen.

»Oh nein«, dachte sie, »nicht schon wieder ein One-Nigth-Stand? Der hat mich doch nicht schon wieder nur benutzt, um seinen Hormonhaushalt auszugleichen? «

Da kam er, froh gelaunt und lächelnd, mit blankem Oberkörper, die Treppe hinauf. Er trug ein Tablett, auf dem frisch aufgebrühter Kaffee und belegte Brote waren.

»Guten Morgen mein Schatz, hast Du gut geschlafen? «, fragte er.

»Und wie, - bei so einem Liebhaber«.

»Nicht nur Liebhaber«, protestierte Robert, »wir haben gesagt, wir probieren eine Partnerschaft. Ohne Wenn und Aber«.

Thekla war glücklich, aber das Handy störte weiter.

»Gib mal bitte rüber«, Thekla zeigte auf ihr Handy.

"Oh nein, - der Bollenkamp", sie drückte den grünen Knopf.

»Guten Morgen Fred, - wir hatten gesagt, wir treffen uns alle um neun Uhr im Präsidium zur weiteren

Vorgehensbesprechung und nein, wir haben im Moment noch keine weiteren Erkenntnisse«.

Thekla stockte der Atem. Ihr Redefluss war wie abgeschnitten und sie schaute mit weit aufgerissenen Augen in Richtung Robert, der genussvoll ins Brot biss und die Kaffeetasse in Richtung Mund bewegte.

»Wieder eine Armbrust?«, fragte sie ungläubig.

Nach kurzer Stille sagte sie:

»Wir fahren dahin, um uns ein erstes Bild zu machen. Die anderen sollen zur verabredeten Zeit auf uns im Präsidium warten. Wir werden uns dort treffen. Robert werde ich gleich bei ihm zu Hause abholen. Er wohnt ja nicht weit von hier«. Thekla wollte nicht direkt ausplaudern, dass sie jetzt eine Partnerschaft hatten.

Sie unterbrach die Verbindung, sprang unbekleidet wie sie war, an Robert vorbei in die Dusche und rief ihm zu:

»Der nächste Tote. Ein LKW-Fahrer, an der A61, Raststätte Peppenhofen. Das ist direkt zwischen Rheinbach und Miel. Wieder mit einer Armbrust. Diesmal von hinten, als er das Führerhaus besteigen wollte. Nur diesmal als zweiter Pfeil, auch in den After. Kannst Du Dir das erklären?«

"Irgendwie passt das in eine Serie sexualgesteuerter Vergeltungsschläge«, mutmaßte Robert, »doch wo, um Himmels Willen, soll man da weiter ansetzen?«

Nach einer guten halben Stunde trafen sie bereits an der Raststätte ein. Der LKW war weiträumig mit Flatterband abgesperrt und die Kollegen der Spusi waren bereits fleißig. Der Einsatzleiter kam sofort auf Thekla zu.

»Wir sehen uns jetzt aber auch täglich. Hoffentlich hat das mit den Armbrustpfeilen bald ein Ende. Also, der Mann heißt Armin Neustätter, aus Swisttal-Miel. Hier das Portemonnaie mit dem Ausweis haben wir im Führerhaus gefunden. Der Mann wurde wahrscheinlich, als er in das Führerhaus einsteigen wollte, von hinten in den Rücken getroffen. Was verwunderlich ist, ihm wurde, >post mortem<, wie bei dem Mord gestern, ein zweiter Pfeil in den After geschossen. Todeszeitpunkt etwa vor einer Stunde. Gemeldet wurde die Tat von einem Handelsvertreter, der hier getankt hatte und sich einen Kaffee holte um hier im Auto zu trinken. Der steht dort hinten«, der Kollege zeigte zu einem Mercedes.

»Danke Kollege, ich komme gleich nochmal zu Dir,

falls Dir noch was auffällt«.

»Guten Morgen, Thekla Sommer, mein Kollege Robert Hanf, Kripo Siegburg«, Thekla zeigte zu Robert hin und gleichzeitig ihren Dienstausweis, »Sie haben den Toten gefunden? «

»Was heißt gefunden? Ich hatte mir nach dem Tanken noch einen Kaffee geholt. Ich wollte meinen ersten Termin noch vorbereiten. Ich bin Handelsvertreter für Kopiergeräte. Als ich dann wieder zum Auto kam, hab ich den Mann da liegen sehen. Ich bin sofort hin, ich wollte ja helfen. Da hab ich aber gesehen, dass er schwer verletzt sein musste, er lag in einer großen Blutlache, dann habe ich sofort die Polizei und den Rettungsdienst gerufen«.

»Ist Ihnen irgendetwas aufgefallen? Haben Sie jemanden in der Nähe gesehen, der verdächtig weglief oder wegfuhr? «, fragte Robert.

Der Mann schüttelte den Kopf.

»Mir ist nichts aufgefallen, aber ich war auch viel zu aufgeregt, als dass ich auf so etwas geachtet hätte. Das war ja ein richtiger Schock für mich. Ich zittere immer noch«.

»Sollen sich die Leute vom Rettungsdienst, die noch da vorne stehen, um Sie kümmern «, fragte Thekla vorsorglich.

»Nein, das geht gleich schon wieder. Ich trink gleich noch ein Wasser, dort in der Raststätte und dann wird es schon wieder«, winkte der Mann ab.

»Aber wirklich Wasser und keinen Kurzen«, zwinkerte Robert dem Mann zu.

Nachdem er die Personalien des Mannes aufgenommen hatte, folgte er Thekla, die schon zurück zum Tatort gegangen war.

»Der Tote wohnte hier in der Nähe, an der nächsten Abfahrt, warum hielt er hier aber schon wieder an? « fragend schaute sie zu dem Mann, der ihr letzte Nacht so unendlich nahe war.

»Fahren wir doch einfach mal dahin. Vielleicht ist seine Frau zu Hause«.

»Machen wir, doch diesmal überbringst Du die schreckliche Nachricht. Ich finde, Du als Mann kannst das auch. Nicht immer ich, nur weil ich Deine Vorgesetzte bin«.

»Ermittlungsgruppenleiterin der SOKO Armbrust,

nicht meine Vorgesetzte«, lächelte Robert.

Die erst vor wenigen Jahren neu gebauten Reihenhäuser, alle mit roten Backsteinziegeln versehen und so dem angrenzenden > Schloss Miel< optisch angepasst, zumindest einem alten Stil nachempfunden, wirkten in der Morgensonne sehr angenehm. Eine gepflegte kleine Siedlung, mitten in Miel gelegen.

»Meine Güte«, staunte Robert schon wieder, »es gibt um Rheinbach herum so schöne kleine Orte. Wir sollten uns wirklich überlegen, ob wir in der Rente nicht hier hinziehen«.

Thekla lachte laut. »Also Robert, mein Schatz, so weit sind wir ja noch lange nicht«. Sie zeigte ihm ihren nach oben gestreckten Ringfinger und bewegte diesen hin und her, als wolle sie ihre Verneinung damit unterstreichen.

Nun lachten beide.

Nachdem Robert an der Türe geklingelt hatte, kamen zwei Mädchen, etwa zehn Jahre alt von innen an die Türe gelaufen und öffneten diese mit einem lauten:

»Papi, hast Du etwas vergessen? «

Erschrocken machten sie die Türe wieder zu und riefen:

»Mami, - das ist gar nicht der Papa. Da stehen zwei Fremde vor der Türe«.

Kurze Zeit später öffnete Frau Neustätter die Türe.

»Ja, bitte? «

»Frau Neustätter? Wir sind von der Siegburger Kriminalpolizei und würden gerne ihren Mann sprechen«, tastete sich Robert ganz vorsichtig vor.

»Der ist nicht da. Er ist eben aus dem Haus, zur Arbeit. Wir dachten schon, er sei es hier an der Türe und hätte was vergessen. Er ist LKW-Fahrer bei einer Spedition. Wie Sie aber hier draußen sehen, ist hier weit und breit kein Platz um den LKW abzustellen, deshalb parkt mein Mann den Truck hinten an der Raststätte Peppenhofen. Ja, - wir wissen dass das nicht erlaubt ist, - aber deshalb direkt die Polizei hierhin kommen lassen?«

»Frau Neustätter, wir sind von der Kripo, nicht von der Autobahnpolizei«.

Verdutzt schaute sie Robert an.

»Ist das Ihr Mann?«. Mit dieser Frage zeigte Thekla, den bei dem Toten gefundenen Ausweis.

»Ach deswegen sind Sie hier. Er hat seinen Ausweis verloren«. Lächelnd und erleichtert, wollte sie das

Dokument entgegennehmen.

Thekla zog die Hand zurück.

»Frau Neustätter, - wir müssen Ihnen etwas mitteilen, - können wir Sie vielleicht ohne die Kinder sprechen«. Robert wollte die traurige Nachricht nicht im Beisein der Kinder machen.

Die beiden Zwillingsmädchen wurden unter Protest in ihr Zimmer geschickt.

»Frau Neustätter«, begann Robert, zunächst behutsam die Mitteilung, »wir haben an der Raststätte Ihren Mann aufgefunden. Er ist einem hinterlistigen Mord zum Opfer gefallen«.

Die Frau bekam einen hysterischen Nervenzusammenbruch. Sie sank schreiend und zitternd zu Boden. Thekla kniete sich sofort neben sie und nahm sie in den Arm, während Robert einen Krankenwagen bestellte, der bereits kurze Zeit später eintraf. Die Kinder waren aus ihrem Zimmer geeilt und hielten ihre Mutter von beiden Seiten im Arm. Als der eingetroffene Notarzt, Frau Neustätter eine Beruhigungsspritze gab, besserte sich ihr Zustand schnell.

»Was ist denn passiert?«

»Wir wissen es noch nicht genau. Er wurde an seinem LKW tot aufgefunden, von zwei Armbrustpfeilen getroffen«

»Wie der Friedhelm Eisenhut? Der Apotheker aus Rheinbach. Er wohnte im Nachbarort und mein Mann kannte ihn recht gut von früher. Sie waren, das ist aber bestimmt schon dreißig Jahre her, zusammen in einer Clique«.

»Ach, das ist ja interessant«, unterbrach Robert, »erzählen Sie weiter«

Aber Frau Neustätter bekam einen Weinkrampf.

»Das ist mir jetzt alles zu viel. Was sollen wir denn nur machen, jetzt, wo wir das Haus frisch gekauft haben und überhaupt, die beiden Mädchen«.

Die beiden lugten aus ihrem Zimmer, wohin sie die Mutter, nachdem der Arzt wieder weg war, geschickt hatte.

»Sie sind für uns jetzt eine sehr wichtige Zeugin. Ihr Mann kannte Herrn Eisenhut? «

Die Frau schnäuzte in ein Taschentuch und fing wieder an zu weinen.

Thekla sah, dass die Frau am Ende ihrer Kraft war und

schonte sie nun, da sie ihre Kraft sicherlich für ihre Kinder brauchte.

»Sollen wir noch jemanden für Sie anrufen?«

Sie schüttelte den Kopf. »Meine Schwester wohnt auch hier im Ort. Sie kommt bestimmt gleich rüber«.

»Gut, - bleiben Sie bitte heute zu Hause. Wir kommen am späten Nachmittag noch einmal vorbei um einiges mit Ihnen zu bereden «.

Vor der Türe stupste Thekla ihren liebgewonnenen Robert an.

»Wie konntest Du die Frau eben in ihrem Redefluss so unterbrechen? Wir haben gelernt, wenn ein Täter oder ein Zeuge im Redefluss ist, soll man auf gar keinen Fall dazwischenfragen. Das unterbricht den Fluss sofort. Das hier war das beste Beispiel. Vielleicht wären wir jetzt schon einen erheblichen Schritt weiter«.

»Vielleicht ja, vielleicht nein. Ich habe in dem Moment, als ich fragte, selber gemerkt, dass es falsch war. Tut mir leid«.

»Hoffentlich kannst Du das wieder gutmachen«.

»Wart's ab«, zwinkerte er ihr grinsend entgegen, »heut' Abend«.

Sie gab ihm einen Klaps auf die Schulter. Dann stiegen sie in Thekla's Twingo und fuhren ins Präsidium.

Waren sie wirklich einen Schritt weiter bei der Suche nach dem Serienmörder?

Vor dem Kriminalkommissariat, auf der Frankfurter Straße in Siegburg, warteten eine Handvoll Reporter und ein Fotograf. Diesmal wählte Thekla die Tiefgarage, um die lästigen Reporter zu umgehen. Sie hasste diese engen Parkhäuser, in denen man selbst mit so einem kleinen Auto, wie dem ihren, aufpassen musste, kein anderes Auto oder einen Betonpfeiler, anzukratzen.

»Oh, - gegen die Gewohnheit? «, fragte Robert, eine Hand auf ihrem Knie liegend.

»Hör mal zu, mein lieber. Ich werde zu gegebener Zeit den Kollegen erzählen, dass wir zueinander gefunden haben. Bis dahin lassen wir das bitte mit dem Händchenhalten. Wir haben hier einen Serienmörder zu stellen. Da brauch' ich höchste Konzentration von den Kollegen und keine ablenkenden Gedanken über die Einsatzleitung «. Thekla klang ernst und so traute sich Robert nicht zu widersprechen.

Alfred Bollenkamp ging wie ein Ziehaufmännchen auf dem Flur hin und her. Als er die Beiden sah, eilte er zu ihnen.

»Und, die gleiche Vorgehensweise? Haben wir Augenzeugen? Haben wir eine Spur? Nun lasst Euch doch nicht alles aus der Nase ziehen«.

»Es gibt wahrscheinlich einen ersten Ermittlungsansatz, den wir aber erst am Nachmittag weiterverfolgen können. Die Kolleginnen und Kollegen werden nun, wieder in den kleinen Teams, andere Spuren suchen müssen, allerdings im ganz nahen Umfeld der Toten«.

Thekla teilte den versammelten Kriminalisten die Neuigkeiten mit. Ebenso wurde die geänderte Vorgehensweise festgelegt. Lisa Drollig wollte unbedingt mit Thekla zu der Frau des letzten Mordopfers fahren, um die wertvolle Arbeitsweise von Thekla abzuschauen.

»Liebe Kollegin, Dein Arbeitseifer und Lernwille in allen Ehren, doch wenn Du bei der Frau und den Zwillingen auch nur einen falschen Satz sagen würdest, kämen wir keinen Schritt weiter und würden vielleicht sogar eine Spur zertrampeln. Nein, - Du fährst bitte mit den Beiden«, sie zeigte auf die Kollegen, die dem bestehenden Team zugeteilt wurden, »und lernst mal die Vorgehensweise von Kollegen, die von einem anderen Dezernat kommen«.

»Von der Sitte«, Lisa verzog das Gesicht.

»So lernst Du auch das Leben auf der Straße aus erster Hand«. Robert lächelte Lisa breit an. Als er sich umdrehte, zeigte Lisa ihm demonstrativ den Mittelfinger.

»Das hab ich gesehen«, sagte er und zeigte auf das im Fenster erscheinende Spiegelbild. Ihr war es peinlich, sie drehte sich zu den anderen und sagte keck:

»Auf geht's Jungs, lasst uns auf Rheinbacher Straßen ermitteln«.

In dem Moment kam Bollenkamp wieder zur Türe herein.

»Thekla«, sagte er in harschem Ton, »ich hab hier noch drei Leute vom Einbruchsdezernat, die die >SOKO Armbrust< unterstützen werden«.

»Oh gut, die kann ich sehr gut gebrauchen. Lisa, - Planänderung, - Du bleibst hier und machst Innenrecherche. Ich will alles wissen, was Du im Internet über die drei Toten in Erfahrung bringen kannst. Hobbys,

Freunde, Vereine, Vorlieben«.

»Du meinst, sexuelle Vorlieben? «

»Wegen mir auch die, kann sogar von Vorteil sein. Dies scheint ja ein Tätermotiv mit sexuellem Hintergrund zu sein. Recherchier also auch ein wenig im Milieu, vielleicht auch in Verbindung mit Bogenschützen, - ich meine Armbrustschützen«.

Lisa war zwar geknickt, nicht mit den Kollegen in Rheinbach ermitteln zu können, aber der Gedanke im Internet auf Spurensuche zu gehen, gefiel ihr auch. Hatte sie so doch auch Gelegenheit, ihrer Leidenschaft, im Facebook zu stöbern und den neuesten Tratsch zu lesen, nachzugehen.

Nachdem Thekla die neuen Kollegen in den Fall eingewiesen und die Richtung der Recherche vorgegeben hatte, verließen alle den Besprechungsraum.

*

Sie überließ Robert das Steuer, als sie auf dem Weg nach Swisttal-Miel, gleich der nächste Ort hinter Oberdrees, dem Wohnort des ersten Opfers, waren.

Behutsam und vorsichtig wollte sie gleich die Fragen an Frau Neustätter stellen. Was ihr aber im Kopf herum ging, war, was den Täter zu solchen Taten antrieb. War es ein sehr psychisch abartiger Mensch? Sie dachte plötzlich an ein Gespräch mit ihrer langjährigen Freundin Sylvia. Sie war Zeit ihres Lebens sehr philosophisch angehaucht und mit ihr hatte Thekla vor einiger Zeit einmal ein längeres Gespräch über die menschliche Psyche. Dabei stellte Sylvia eine sehr interessante These in den Raum, die von Thekla's Meinung damals etwas abwich. Dennoch kamen ihr die Worte nun in den Sinn. Waren es doch wahre Worte? Die Erinnerung an die Worte war wie ein Schleier, in den Thekla nun eintauchte:

Wir werden dazu erzogen, uns für andere zu verbrauchen, es allen immer recht zu machen, sowie uns selber, ganz hinten anzustellen. Wir haben so verinnerlicht, für andere da zu sein, zu dienen, zu funktionieren.

Nur nicht für uns selber.

Während unserer gesamten Entwicklung, sei es im sozialen Gefüge der Familie, hier bereits von klein auf,

im Kindergarten, in der Schule, oder in der Ausbildung,
immer werden wir angehalten, es anderen recht zu
machen. Nur immer anderen gefallen und selber nicht
auffallen. Während der Pubertät und dem jungen
Erwachsenalter wird uns eingeprägt, bloß keine eigenen
Gefühle zu zeigen und stets auf die möglichen Gefühle
anderer Rücksicht zu nehmen.

Keiner zeigt seine wahren Gefühle und wagt in der
heutigen Gesellschaft zu sagen, was er wirklich denkt
oder will. Denn eine ungeschriebene Regel, der wir uns
alle unbewusst unterwerfen und der wir alle
unterbewusst Folge leisten, besagt, dass man nicht
negativ aufzufallen hat. Man könnte ja aus der
sogenannten „Norm" fallen und man will ja niemanden
verletzten. Lieber verletzten wir uns, Tag für Tag, durch
Selbstverleugnen und Angst davor, negativ aufzufallen.
Wir wollen anderen unbedingt immer gefallen und
Etikette bewahren, setzen Masken auf und zeigen uns
immer, zu unserem eigenen Leidwesen, da wir daran
innerlich erkranken, von unserer schönen Seite.

Tatsächlich schlucken wir lieber alles runter und
werden krank, anstatt auszusprechen, was wirklich in uns

ist. Wir lassen unsere Seele erkranken und unsere ureigene Herzenssprache verkümmern.

Wir schämen uns und sind feige, weil wir nicht dazu erzogen wurden, uns durchzusetzen, zu kämpfen, für das, was wir wirklich wollen.

Wir sind die perfekten Opfer, mit denen man machen kann, was man will. Denn, wir wehren uns nicht. Wir haben es nicht gelernt und wissen nicht wie. Wir buhlen um Liebe und Anerkennung im sozialen Umfeld, statt uns zu befreien und sich in der Energie gegenseitigen Vertrauens einzugliedern. Und so nutzen wir uns gegenseitig aus, machen uns schlecht und klein, aber lächeln trotzdem. Innerlich sind wir todtraurig, in was für einer Welt wir eigentlich leben. Nicht die Welt, die wir eigentlich wollen, voller Herzensenergie und wohlwollender energetischer Schwingungen.

An alle haben wir gedacht und es ihnen immer recht gemacht. Aber keiner hat sich um uns gekümmert. Nur, kam jemals der Gedanke auf, dass wir uns selbst vergessen, verlassen und im Stich gelassen haben?

Wer ist eigentlich der wichtigste Mensch in unserem

Leben? Der Mensch, der uns seit unserer Geburt begleitet und mit dem wir jeden Tag vierundzwanzig Stunden zusammen sind?

Wer muss sich um diesen Menschen kümmern, weil es sonst keiner macht? Um welchen Menschen geht es eigentlich in erster Linie, wenn nicht um uns selber? Wir sollten uns hegen und pflegen, uns selber in Watte stecken und vor Anfeindungen von außen schützen. Denn ohne uns gäbe es den wichtigsten Menschen in unserem Leben nicht. Uns selber.

Wir alle sind total gestört, weil wir uns nicht trauen, uns zu öffnen. Wir schämen uns unserer Gefühle, die aber ein Teil des Menschseins sind und die wie alles andere auch eine Daseinsberechtigung haben. Kinder dürfen ihre Gefühle zeigen, lachen, albern sein, schreien. Nur weil unser Körper ausgewachsen ist und wir jetzt arbeiten, dürfen wir das alles nicht mehr? Wenn wir alle uns mehr darauf besinnen würden uns selber mehr zu wertschätzen und uns mental aufzuwerten, würden auch die anderen, um uns herum, automatisch viel mehr Empathie für den Einzelnen empfinden.

Wieso wird man als psychisch krank abgestempelt,
wenn man sich unbeschwert und angstfrei wie ein Kind
verhält? Ist nicht die Ansicht, dass man Gefühle
verdrängen soll, psychisch gestört?

Wir leben in einer psychisch kranken Welt, in der wir
immer mehr entmenschlicht werden. Auf einem seelischen
Tiefpunkt. Geistig schon lange stehengeblieben.
Aber wir haben eine Chance, dieser Hölle zu entkommen:

Ja, zu sich selber sagen und zu seinen Gefühlen.

Sich selbst an erste Stelle im eigenen Leben stellen
und Grenzen aufstellen, damit andere sehen, wie weit sie
bei uns gehen können. Denn niemand kann Gedanken
lesen. Also liegt es an uns selber, an jedem einzelnen,
zuzulassen, wie weit andere in unser Leben eingreifen
dürfen. Wir haben die Entscheidungsfreiheit, die Gott uns
mit auf diese Erde gegeben hat, zu bestimmen, was wir
als gut für die jeweils anstehende Lebenssituation
empfinden.

Wir sollten den Mut haben, zu sagen, was man will
und das Steuer selbst in die Hand nehmen und nicht von
anderen übernehmen lassen. Den Mut haben, ein

vollständiger Mensch zu sein mit allem, was dazugehört und es sich nicht verbieten lassen. Den Mut ins Leben einzubringen, von seinen Rechten als Mensch Gebrauch zu machen. Denn wir haben nicht nur Pflichten, wir haben natürlich auch Rechte! Und die dürfen in Anspruch genommen werden!

Denn dazu sind wir hier. Um unsere Angst abzulegen, um in Freiheit und Zufriedenheit leben zu können.

Selbst entscheiden, was wir glauben und es uns nicht einreden zu lassen von Leuten, die angeblich wissen, was das Beste für uns ist. Jeder kann selber entscheiden, wie er leben will und jeder weiß selbst am besten, was für ihn gut und schlecht oder richtig und falsch ist.

Man muss nur das Recht in Anspruch nehmen und „Ja" dazu sagen. Zu seiner eigenen Entscheidung. Zu sich selber „Ja" sagen und zu anderen „Nein", ist notwendig, um ihnen unsere Grenzen zu zeigen, weil andere sie oft von selber nicht kennen. Und das wir oft nicht „Nein" sagen, wird ja gerne auch ausgenutzt.

Gerade das „Nein" sagen ist aber wichtig, um ein Abgrenzen zu anderen und zur Außenwelt möglich zu

machen, damit wir wachsen und uns entwickeln können.
Eigene Bedürfnisse nach dem Wunsch empathischen
Verhalten anderer auch zu äußern und für sich
einzufordern. Das „Nein" sagen zu anderen, ist nicht
egoistisch, rücksichtslos oder arrogant. Das ist wichtig!
Das ist Selbstschutz! Anderen zu zeigen, wer man ist und
was man will, damit sie wissen, dass sie mit uns eben
nicht machen können, was sie wollen. Wir alle haben das
Recht, unsere Flügel auszubreiten und loszufliegen,
wohin wir wollen. Ein eigenes Leben zu leben, durch
eigenes Denken, entscheiden und in eigener
Verantwortung. Denn diese Lebensqualität ist wesentlich
höher als unter dem Diktat von anderen oder in einer
aufgezwungenen Schablone, die uns einengt und krank
macht, statt zu leben. Diese Schablone aber letztendlich
nur deswegen da ist, weil wir es zugelassen und
„ja" statt „nein" gesagt haben.

Wir sind nicht dazu gemacht, uns gegenseitig klein zu
halten. Wir sind dazu erschaffen, im Sinne der
evolutionären Entwicklung, einander zu stärken und
aneinander, sowie voneinander, zu lernen. Uns dem
allumfassenden Spirit göttlichen Wissens anzunähern und

in harmonischer Liebe miteinander einen Zustand von energetischem Schwingen zu erreichen, der einzigartig ist und nicht seinesgleichen suchen kann. Einzig und allein unsere Entscheidung zählt!

»Hallo Schatz, wir sind da.«, Robert stoppte den Wagen vor dem verklinkerten Reihenhaus.

Thekla war wie benommen. War sie doch bei ihren Gedanken wie in eine Art Trance verfallen und hatte von der Fahrt gar nichts mitbekommen.

»Was ist los mit Dir? Geht es Dir nicht gut? Du warst die ganze Zeit so still, - bin ich sonst gar nicht gewohnt«. Robert versuchte mal wieder mit einem seiner Witze eine andere Stimmung zu erzeugen.

»Robert«, sagte sie leise und immer noch nachdenklich, »ich glaube in diesem Fall sollten wir uns nicht krampfhaft an die nackten Fakten halten. Hier spielen unter Umständen menschliche, seelische Beweggründe und unterschiedliche psychische Umstände, eine Rolle. Wir müssen dringend einen Polizeipsychologen und einen Verhaltensforscher mit in den Fall einbeziehen«.

»Eine sehr gute Überlegung. Wie kommst Du darauf? Hattest Du während der Fahrt wieder Deine berühmten Eingebungen?« Robert machte hier keinen Scherz, denn er wusste, dass diese Frau schon so manch einer Lösung nahegekommen war, indem sie vermehrt auf ihr "Bauchgefühl" hörte.

»So in der Art. Lass uns jetzt aber hier die Befragung durchführen. Bist Du bereit?«

»Na klar«, nickte er und schellte an der Haustüre.

Frau Neustätter öffnete, bereits in schwarz gekleidet, die Türe. Sie hatte die Kinder bei ihrer Schwiegermutter, die ein paar Straßen weiter eine Eigentumswohnung bewohnte, untergebracht. Sie hatte jetzt viel zu organisieren und zu erledigen. Vorsichtig fragte Thekla nach ihrem Befinden.

»Die Beruhigungsspritze vom Notarzt hat mir sehr gutgetan, nun kann ich die nötige Vorgehensweise ordnen und erledigen. Was kann ich für Sie tun? «

»Ist Ihnen noch etwas Wichtiges eingefallen? Sie sagten heute Vormittag, Ihr Mann und Herr Dr. Eisenhut hatten sich gekannt. Wie gut kannten sie sich, und woher?«

»Mein Mann sagte gestern Abend noch, als er von dem Mord an Hr. Eisenhut hörte, dass sie sich bereits ungefähr dreißig Jahren kennen würden. Damals waren die beiden wohl in einer Clique von fünf oder sechs Jungen, die alle in Wormersdorf wohnten«.

»Erinnern Sie sich daran, dass Ihr Mann in dem Zusammenhang noch andere Namen aus der Clique nannte? War da zufällig der Name Toni Schumann gefallen?

»Schumann?«, sie schüttelte den Kopf, »der Name ist nicht gefallen. Warum?«

»Weil ein Toni Schumann gestern auf die gleiche Weise ermordet wurde, wie Ihr Mann. Frau Neustätter, es tut mir sehr leid, aber ich muss Sie dass jetzt fragen: Hatte Ihr Mann irgendwelche besonderen sexuellen Neigungen oder Vorlieben. Ich muss dass jetzt im Rahmen der Ermittlungen, auch im Hinblick auf die anderen Fälle, fragen«.

Mit weit aufgerissenen Augen starrte Frau Neustätter auf die beiden Ermittler.

»Was erlauben Sie sich? Mein Mann ist gerade ermordet worden und Sie stellen mir solch eine Frage? Wir hatten ein harmonisches und einvernehmliches Eheleben«.

»Das glauben wir Ihnen ja. Uns geht es nicht darum, welche Stellung Sie bevorzugten, uns geht es darum, ob Ihr Mann irgendwelche Praktiken von Ihnen wollte, die Sie ihm nicht erfüllen konnten oder wollten?« Robert konnte nicht anders. Bei aller Feinfühligkeit gegenüber Angehörigen gerade Verstorbener, aber es ging hier darum einen Serienmörder dingfest zu machen, bevor dieser erneut zuschlug.

Frau Neustätter wurde ganz still und schaute verlegen auf den Boden. Verschämt und wie es schien, völlig hilflos stammelte sie:

»Manchmal wollte er Analverkehr. Davor habe ich mich geekelt. Ich hatte vor vielen Jahren seinem Drängen einmal nachgegeben, dabei allerdings starke Schmerzen verspürt, sodass ich das nie wieder zuließ. Nach einigen Versuchen hat er aber auch nie wieder danach gefragt«.

»Können Sie sich vorstellen, dass er sich das

woanders geholt hat. Denken Sie bitte sorgfältig nach und antworten Sie bitte wahrheitsgemäß. Es könnte zu der Spur eines Serienmörders führen«.

»Ich sagte doch bereits, wir führten ein sehr harmonisches Leben, - auch Liebesleben, wenn Sie verstehen was ich meine. Mein Mann war bei keiner anderen Frau«.

»Es muss ja keine Frau gewesen sein«.

»Igitt, - nein, - hören Sie bloß auf. Verlassen Sie jetzt bitte mein Haus, - sofort«.

Die Türe wurde unsanft hinter Robert und Thekla geschlossen. Als die beiden wieder am Auto waren meinte Thekla:

»Du warst aber ziemlich direkt mit Deinen Fragen. Man hätte es auch vorsichtiger formulieren können.

»Mein Gott, Thekla, wir haben es hier mit einem Mörder zu tun, der möglicherweise bereits sein nächstes Opfer im Visier hat. Da haben wir keine Zeit, um die Leute in Watte zu packen und gegebenenfalls darüber nachzudenken, wie die Befragten etwas verstehen könnten. Hier müssen wir jetzt Tacheles reden.

Bollenkamp will Ermittlungserfolge und ganz ehrlich, - ich will das auch«.

»Das wollen wir ja wohl alle«, entgegnete Thekla aufgebracht, »aber wir sollten die Verhältnismäßigkeit unserer Worte bedenken«.

Robert machte eine wütende und zugleich abweisende Handbewegung.

Wieder zurück in Siegburg, kamen kurz nacheinander die Kollegen, um ihre einzelnen Ermittlungsergebnisse zusammenzutragen. Thekla vervollständigte die bereits begonnene Arbeit an dem Whiteboard.

»Also«, begann sie ihre Zusammenfassung, »im Fall Eisenhut haben wir eine, nach außen hin, harmonische Beziehung. Frau Eisenhut hat zwar eine Affäre mit ihrem angeblichen Trainer, Ivan Domino, sowie vorher ein mutmaßliches Verhältnis mit ihrem angeheirateten Schwager und zweitem Mordopfer, gehabt, aber ich sehe kein Mordmotiv. Es ging ihr wirtschaftlich sehr gut und die, von Ihrem Mann wohl geduldeten Liebschaften, ergaben keine Verbindung zu einer solchen, sexuell motivierten Tat. Im zweiten Fall des Opfers Toni

Schumann, haben wir eine betrogene Ehefrau, die aus Eifersucht ein Motiv für "Mord Nummer zwei" gehabt hätte, jedoch, warum sollte sie ihren Bruder, Dr. Eisenhut, umbringen? Auch ist keine Verbindung zum bislang letzten Opfer, Armin Neustätter, bekannt. Letztendlich hat Opfer Nummer drei, Opfer Nummer eins gekannt. Sie waren wohl früher zusammen in einer Clique, in Wormersdorf. Bei allen drei Morden haben wir Anzeichen, sexuell motivierter Tatmotive. Keine der drei Ehefrauen hat Verbindung zu allen Mordopfern gehabt, sodass wir die Frauen ausschließen können«.

»Vielleicht war es eine verschmähte Liebe, die von allen Dreien abgewiesen wurde und jetzt Rache für ihre erfahrene Ablehnung, sucht? «, warf Sybille Salz ein.

»Ein sehr guter Gedanke, den wir auch unbedingt weiterverfolgen sollten, nur, ist eine Frau emotional dazu fähig, drei Morde innerhalb so kurzer Zeit zu begehen? «

»Wenn sich nach Aussage von Frau Neustätter, die Opfer eins und drei von früher kannten und Opfer eins und zwei verschwägert waren, ist es doch wahrscheinlich, dass sich alle von früher kannten. Wir sollten vielleicht feststellen, ob es eine gemeinsame Mitgliedschaft in einem Verein, wie Gesangsverein oder freiwillige Feuerwehr, gab. Hoffentlich finden wir da nicht ein eventuelles nächstes Opfer, vielleicht aber den Täter«, meinte Peter Ludwig.

»Sehr gut«, Thekla schaute auf die neben ihr sitzende Lisa Drollig, »kannst Du das mal bitte checken? «

»OK, sofort? «

»Natürlich sofort, - nächste Woche ist wahrscheinlich zu spät«, Thekla mochte die flapsige Art der Kommissaranwärterin nicht, die man ihrer Abteilung zugewiesen hatte.

Lisa verließ den Raum. Jeder der Anwesenden wusste, dass diese Art der Kommunikation normalerweise nicht zu Thekla passte. Der enorme Druck allerdings, der auf dem Team und besonders auf ihr, als Leiterin der SOKO lag, entschuldigte den Ton.

»So Kollegen, was hat die Ermittlung hinsichtlich des Herrn Volker Icke, aus Rheinbach, ergeben. Hatte er tatsächlich seine Armbrust als verloren gemeldet? «

»Unsere Recherchen ergaben sowohl die

Einbruchsmeldung, als auch den Diebstahl seiner Armbrust, das lag bei der Dienststelle in Rheinbach vor. Aus dem Verein in Bonn, wo er als Mitglied in der Abteilung Armbrust eingeschrieben war, war er bereits sechs Monate vorher rausgeflogen, wegen rüpelhaftem Verhalten unter Alkoholeinfluss. Er war ein exzellenter Schütze und hatte möglicherweise ein Motiv für den Mord an seinem Schwiegersohn, nur, sein Alibi wurde von den Kegelbrüdern bestätigt. Zum Tatzeitpunkt war er auf der Rückfahrt von einem Kegelausflug. Übrigens so angeheitert, dass er beim Aussteigen kaum die Zugtüre am Bahnhof in Rheinbach fand«.

»Was haben wir im Fall des zweiten Opfers, Toni Schumann?«, fragte Thekla.

»Auch er war sehr beliebt im Ort. Weder ein polizeiliches Vergehen noch ein soziales Fehlverhalten, was auf einen Tatverdächtigen hindeuten könnte, war zu ermitteln. Er war im Gesangsverein und im landwirtschaftlichen Verschönerungsverein, Mitglied. Sein Ruf als Frauenheld wurde zwar bestätigt, jedoch war seine Frau davon immer, mehr oder weniger informiert. Hier besteht zwar ein Motiv, jedoch keine Verbindung zu den anderen Morden«.

Lisa kam ins Besprechungszimmer zurück.

»Ich bin sämtliche Vereine in Rheinbach und den Ortsteilen durchgegangen. In den letzten zwanzig Jahren gibt es keine Übereinstimmung, dass alle drei Opfer gleichzeitig in einem Verein waren. Lediglich waren Herr Schumann und Herr Dr. Eisenhut in der Wormersdorfer freiwilligen Feuerwehr für sechs Monate gemeinsam. Dann zog Herr Eisenhut nach Rheinbach-Oberdrees.

»Danke Lisa, - gute Arbeit, dann werden wir morgen früh neu besprechen, wer in welche Richtung weiter ermittelt. Robert und ich werden bei der Feuerwehr in Wormersdorf genauer nachfragen. Gute Nacht zusammen, - bis morgen«.

Lisa schaute, lächelnd wie ein Honigkuchenpferd, in die Runde. Hatte sie doch gerade ein Lob von der "Chefin" bekommen.

Gerade als alle aufgestanden waren, kam Fred Bollenkamp in den Raum.

»Oh nein«, stöhnte Thekla auf, »nicht schon wieder der Serientäter«.

Fred schaute erstaunt in die Runde der anwesenden Kollegen und Kolleginnen.

»Bleib ruhig, - für morgen früh haben sich ein Kriminalpsychologe und ein Profiler der Bonner Kollegen angekündigt. Sie wollen uns mit ihrem Fachwissen unterstützen«.

»Na endlich mal Fachleute«, motzte Robert, woraufhin er sofort einen bösen Blick von seiner neuen Freundin erhielt. »Das war eher als fröhliche Untermalung gemeint«, rechtfertigte er sich sofort.

»Prima Fred, - die können wir gut gebrauchen. Wollen wir hoffen, dass der Täter heute Nacht nicht schon wieder zuschlägt. Danke für Deine Unterstützungsanfrage bei den Bonner Kollegen«.

Alle verließen das Präsidium gegen einundzwanzig Uhr.

»Zu Dir oder zu mir? « fragte Robert, als Beide an den Autos standen.

»Du, - sei mir bitte nicht böse aber heute möchte ich alleine sein. Jetzt schon der dritte Fall so kurz hintereinander. Da möchte ich gerne in Ruhe und mit viel

Zeit eine Verbindung oder ein Motiv suchen. Vielleicht haben wir irgendetwas übersehen? Vielleicht gibt es irgendwo eine Andeutung bei den Befragten, die eine Spur auftuen könnte? Ich mach mir gleich noch einen Tee und lasse dann meine Gedanken schweifen. Sobald der Fall gelöst ist, können wir uns ein paar Tage frei nehmen und über unsere gemeinsame Zukunft nachdenken, vielleicht auch über unsere räumliche Zukunft«.

Robert brauchte einen Moment, um das Gesagte einzuordnen. Dann grinste er und meinte: »Du meinst…?«

»Ja, Robert, das meine ich. Jetzt aber erstmal "Gute Nacht"«. Sie gab ihm einen Kuss, denn sie wusste genau, dass sie keiner sehen konnte, da alle das Präsidium verlassen hatten.

Alle, - bis auf einen, der hinter den Gardinen seines Büros im ersten Stock die Szenerie mit angesehen hatte. Zufrieden lächelte Alfred Bollenkamp, als er das Licht löschte, um nun auch nach Hause zu fahren.

*

"Ein Anruf in Abwesenheit" leuchtete im Display des Anrufbeantworters, den Thekla in der Diele, auf einem halbhohen Schuhschrank, stehen hatte. Sie drückte die rote Taste. Im Display erschien "Papa, Sonntag, 19:37 Uhr".

»Oh, - Papa hat angerufen, das freut mich. Den ruf ich gleich zurück«, dachte sie, als sie die Treppe nach oben ging um erst einmal zu duschen. Sie zog ihre Kleidung im Schlafzimmer aus und legte sie in den Wäschekorb. Dabei fiel ihr Blick auf das noch zerwühlte Bett. Heute Morgen musste sie ja mit Robert eilig zum Dienst, wegen des dritten Mordes. Sie ließ die Gedanken schweifen und ein wohliger Schauer durchströmte sie, als sie daran dachte, wie behutsam und doch kraftvoll, Robert letzte Nacht in sie eindrang. Lange hatte sie keinen Mann.

Nur mit Slip und ihrem Lieblingsschlafshirt bekleidet, kuschelte sie sich in den Ohrensessel, der sie so sehr an ihren Opa erinnerte und den sie sich auf einem Antikmarkt gekauft hatte. Die Knie angezogen und mit den Fußsohlen auf der Sesselsitzfläche, genoss sie den Tee, den sie vor einigen Jahren im Urlaub zum ersten Mal getrunken hatte. Sie war damals mit David und

112

dessen Vater, Bernd Lay, im Allgäu. Genau gesagt war sie in >Hopfen am See<. Einheimische sagten immer, es sei dort die >Rivera Bayerns<. Den Tee ließ sie sich aus Österreich schicken. >Almenlandkräuter< nannte er sich, eine BIO-Kräutermischung aus handverlesenen Kräutern, mit Goldmelisse. Thekla ließ die Ergebnisse des Tages Revue passieren, als das Telefon klingelte. Sie schaute auf das Display und las "Papa".

»Oh Gott«, dachte sie, »den habe ich total vergessen«.

»Papa, ich bin eben erst nach Hause gekommen und wollte Dich gerade zurückrufen«, log sie.

»Hallo mein Sonnenschein. Es ist zwar schon spät, aber ich wollte Dir erzählen, dass ich mich heute so sehr gefreut hatte. David war mit seiner Freundin Jana hier. Ein sehr gebildetes und liebes Mädchen. Wir waren zusammen essen. Wir hatten einen schönen Nachmittag und was ich noch sagen wollte, Du hast einen sehr gut erzogenen Jungen aus meinem Enkel gemacht«.

Das tat gut. Endlich mal eine erfreuliche Aussage heute, bei all den erschreckenden Ereignissen der beiden letzten Tage.

»Das ist aber schön zu hören, Papa, wir haben uns bemüht, einen ordentlichen Menschen aus ihm zu machen«

»Wie geht es Dir denn, hast Du viel zu tun? «

»Ach, frag nicht, im Moment finden wir in den Fällen keine richtigen Ansatzpunkte, obwohl ich das innere Gefühl habe, kurz vor der Aufklärung zu stehen«.

»Um was geht es denn? Vielleicht kann ich Dir helfen«.

»Papa, - Du als ehemaliger Leiter der Bonner Mordkommission weißt es doch ganz genau, ich darf Dir nichts zu aktuellen Fällen sagen«.

»Das stimmt, trotzdem kann ich Dir vielleicht mit meiner Erfahrung helfen und Dir ermittlungstaktische Hinweise geben, die ich mir selber angewöhnt hatte«.

»Das ist sehr lieb von Dir, aber morgen werden zwei Bonner Kollegen, ein Psychologe und ein Profiler, zur Unterstützung kommen. Ausserdem haben wir eine Verbindung von zwei der drei Opfer herausgefunden, der ich morgen nachgehen will«.

»Drei Opfer? Etwa ein Serienmörder? « fragte der Vater erstaunt.

»Verdammt«, dachte Thekla, »hab ich mich doch verquatscht«.

»Ja, es sieht ganz danach aus, - aber bitte zu keinem ein Wort. Ich will Dir aber wirklich nicht mehr dazu sagen«.

»Kann ich sehr gut verstehen, aber ich kann und darf von einem abgeschlossenen Fall berichten. Es war in den 1960ern. Wir hatten es auch mit einer Mordserie zu tun, die sich in allen Bonnern Ortsteilen abspielte. Wir hatten keinen Anhaltspunkt hinsichtlich irgendeiner Verbindung der weiblichen und männlichen Opfer. Einzig, - alle Opfer waren in etwa gleich alt. Wir ermittelten letztendlich zurück bis in die frühen Kindesalter. Dann erst kamen wir auf die richtige Spur. Hier zeigte sich anhand einer Aussage von einer bereits pensionierten Grundschullehrerin, dass sie sich an ein Mädchen erinnerte, das in der vierten und fünften Klasse ständig wegen ihrer körperlichen Fülle gehänselt und ausgegrenzt wurde. Die kleine wurde sonderlich und musste, so erinnerte sich die Lehrerin, sogar therapeutische Hilfe in Anspruch nehmen. Viele Jahre später war dann die psychische Störung durch ein erneutes Erlebnis der gleichen Art, einem sogenannten Trigger, ausgelöst. Durch eine Mitgliedschaft in einem Sportverein, war es wieder ausgebrochen. Die Frau wurde depressiv. Wenn sie sich an die Schulzeit zurückerinnerte und die damaligen Klassenkammeraden, gab sie allein ihnen die Schuld für ihr Leid. Sie fasste den Entschluss, sie alle sollten auch leiden, oder besser noch, nicht mehr leben. Damals wurde die Frau wegen vierfachen Mordes, aber wegen der psychischen Störung, zu lebenslanger Unterbringung in einer geschlossenen Anstalt, verurteilt«.

»Das mit der psychischen Störung scheint bei unserem Fall auch vorzuliegen. Du hast recht, wir müssen das Leben der Opfer bis ins frühe Lebensalter zurückverfolgen. Vielleicht liegt die Lösung der aktuellen Fälle, in einem Vorkommnis, das schon lange zurückliegt. Danke Papa, - Du hast mir wirklich helfen können, auch ohne dass ich etwas zu dem Fall erzählt habe. Jetzt ist es aber spät geworden. Ich muss ins Bett.

Gute Nacht Papa, und grüß Franziska von mir«.

»Gute Nacht, mein Sonnenschein«.

Thekla konnte nicht einschlafen. Ihre Gedanken kreisten um Robert, mit dem sie nun eine Beziehung begonnen hatte, gleichzeitig aber auch um das Telefonat mit Ihrem Vater. Hatten sie es vielleicht doch mi einer Mörderin zu tun, die sich nach früher verschmähter Liebe nun an den Männern rächen wollte. War es vielleicht eine Freundin von allen Mordopfern, aus vergangenen Zeiten, die es nicht überwunden hatte, irgendwann einfach ausgetauscht worden zu sein? Oder war es sogar ein Mann aus dem Milieu, der mit allen Opfern gleichgeschlechtlichen Kontakt hatte? Thekla merkte, dass der Fall wohl noch sehr viel Arbeit mit sich bringen würde.

*

Thekla erwachte recht früh wieder aus einem traumlosen Schlaf. Sie rief Robert zuhause an, der noch fest schlief.

»Ja, Hanf hier« meldete er sich, als er sein Handy nahm, was neben ihm auf dem Nachtkasten lag. Er hatte die Augen noch geschlossen und hätte so gerne weitergeschlafen. Im Traum servierte man ihm nämlich gerade am Frühstückstisch zwei Spiegeleier mit gebratenem Speck, auf Toast. Daneben war frischer Lachs auf dem Teller, sowie dampfender Kaffee in einem großen Becher.

»Hallo mein Schatz«, hörte er Thekla sagen. »Hast Du noch geschlafen? «

Sofort saß Robert wach im Bett.

»Gibt es etwas Neues im Fall Armbrust? « fragte er erschrocken.

Thekla lachte, »Nein, Gott sei Dank noch keine weitere Leiche. Ich kann nicht mehr schlafen. Hast Du Lust zum Frühstück vorbeizukommen? Wir fahren dann gemeinsam zum Präsidium«.

»Gerne, machst Du dann die Spiegeleier und den Kaffee? Ich bringe den Lachs mit«.

Thekla legte die Stirn in Falten und dachte: »Spiegeleier?.., Lachs? .. «

»Ja ja, - mach ich, - bis gleich«. Sagte sie verwirrt und legte auf. Was hatte er sich denn da wieder ausgedacht? Dass es sich nur um die reale Fortführung eines Traumes handelte, ahnte sie nicht.

*

Im Präsidium herrschte bereits reges Treiben. Die einzelnen Gruppen des SOKO-Teams beredeten ihr Vorgehen des heutigen Tages. Nur Lisa Drollig irrte von einer Gruppe zur nächsten. Was sollte sie nur machen? Sie wollte nicht schon wieder den Tag mit interner Recherche verbringen.

»Wie wäre es, wenn Du heute mit uns kommst? « fragte Thekla die Kommissaranwärterin.

Lisa strahlte. »Sehr gerne«, nickte sie und freute sich darüber, endlich einmal Thekla ermitteln zu sehen.

»Na dann komm «, sagte Robert und wandte sich zum Gehen in Richtung Ausgang.

Auf dem Flur begegneten die Drei Alfred Bollenkamp,

der wie ein Häufchen Elend wirkte. Er meinte, dass die Presse ihm schon den ganzen Morgen hinterher telefoniere, wegen Ermittlungsergebnissen und ob es schon Festnahmen gäbe.

»Bitte Thekla«, flehte er, »bring mir den Täter«.

»Ich tue mein Möglichstes«, lachte sie. »Ich habe so das Gefühl, als sei heute der Tag der Tage, wir haben ja ermittelnde Unterstützung«, dabei schaute sie Lisa aufmunternd an.

»Was machen wir zuerst? «, wollte Lisa wissen, als sie in dem Dienstwagen Richtung Rheinbach fahren.

»Was hälst Du von Croissants mit Marmelade und Rührei? Dazu einen Milchkaffee und ein Glas frisch gepressten Orangensaft? «, fragte Robert.

Lisa bekam große Augen.

»Ja gerne, am liebsten auf irgendeiner Sonnenterrasse«, antwortete sie naiv.

»Lisa«! ermahnte Thekla, »wir sind unterwegs um einen Mörder zu suchen. Robert wollte Dich nur testen«.

Robert grinste vor sich hin, glaubte aber die Stiche zu

spüren, die Lisas Blicke in seinem Rücken hinterließen.

»Wir sind auf dem Weg nach Wormersdorf, um dort bei der freiwilligen Feuerwehr Erkundigungen einzuziehen. Wir haben erfahren, dass sich zumindest zwei der Opfer in einem Verein, oder so, in Wormersdorf kennengelernt hatten. Vielleicht weiß noch jemand, ob das andere Opfer auch zu diesem Kreis gehörte«, erklärte Thekla in Richtung Lisa.

»Aber sind die von der freiwilligen Feuerwehr nicht nur beisammen, wenn Alarm ist? Ansonsten sind die doch alle bei der Arbeit oder sonst wo? «, gab Lisa von sich

»So«, meinte Robert, »und nun zeigen wir Dir, wie Ermittlungsarbeit vor Ort geschieht. Klein und mühsam«.

Sie hielten vor dem Gebäude, auf dessen Tor mit großer Schrift stand >FEUERWEHR – Ausfahrt freihalten<.

Als sie ausgestiegen waren, fragte Lisa, »und nun«, dabei schaute sie sich in dem kleinen, menschenleer scheinenden Ort, um.

»Komm, wir gehen mal in die Bank dort drüben.

Irgendwo müssen wir ja anfangen«, gab Thekla die Richtung vor.

»Guten Morgen«, Thekla zeigte ihren Dienstausweis, »Kripo Siegburg, mein Name ist Thekla Sommer. Kann mir jemand Auskunft erteilen über die hiesige freiwillige Feuerwehr? «

»Brennt es irgendwo? « fragte eine Dame hinter dem Tresen?

»Haben Sie eine Sirene gehört? «, fragte Lisa, vorlaut.

»Wir haben nur einige Fragen an jemanden, der bei der freiwilligen Feuerwehr ist. Kennen Sie zufällig jemanden von dort? «

»Ja, unser Auszubildender, Rudi Schneider, der ist gerade im Kopierraum«, sagte ein Herr aus der anderen Ecke.

»Rudi«, rief er so laut dass man es auf der Straße hätte hören müssen, »komm mal schnell her, die Polizei ist hier, die wollen was von Dir«

Rudi kam sehr schnell aus dem Nebenzimmer.

»Ja, - was ist denn? «

»Wir suchen jemanden, der uns Auskunft über Personen geben kann, die vor etwa 20 Jahren, oder noch früher, in der freiwilligen Feuerwehr waren. Sie können es wahrscheinlich nicht? «

»Nein, ich bin doch erst zweiundzwanzig«, sagte Rudi, den Blick die ganze Zeit auf die weit geöffnete Bluse von Lisa gerichtet.

»Kennen Sie denn jemanden, der damals dabei war? «

Rudi löste einen Moment den Blick von Lisa und stammelte, »Ich glaub' der Heinrich Burmeister, der ist Frührentner, er war glaub' ich damals bei der freiwilligen«.

»Kannst Du mir vielleicht sagen, wo wir diesen Burmeister finden? «, flirtete Lisa nun den Rudi an.

»Na klar, der ist jetzt nebenher Zeugwart beim Fußballverein. Er kümmert sich um die Trikots und den Rasen und die Maschinen«, stotterte Rudi.

»Und wo wohnt der gute Mann? «, fragte Robert genervt.

»Der wohnt hier, die nächste Straße rechts, Tomberger

Straße, neben dem Sportplatz.

»Vielen Dank für die Auskunft«. Die Kriminalisten verließen die Bank.

»Na - «, himmelte Rudi ihnen hinterher, »von der hätt' ich mich auch verhaften lassen«. Gedankenversunken verschwand er wieder im Kopierraum.

»So ein kleiner Ort ist schön, - da hat man nicht so weite Strecken zwischen den Befragungen«. Robert war noch geschafft von Thekla's frühem Anruf, dem kurzen Frühstück und dem anschließenden gemeinsamen Duschen.

»Hier muss es sein«. Lisa stieß das alte hölzerne Tor auf, welches die Straße von einem umbebauten Innenhof trennte.

»Hallo« rief sie so laut, dass es schallte.

Robert hatte inzwischen den versteckt angebrachten Klingelknopf gedrückt. Darunter stand auf einem leicht zerfetzten Papierschild >Bu ei ter<.

»Das hieß wohl irgendwann mal >Burmeister<, oder was meinst Du? «

Er schaute Thekla an und diese nickte. Gerade als sie wieder gehen wollten, knarrte die Türe vom Schuppen.

»Ja, - was wollen Sie? «

Diesmal drängelte sich Lisa nach der ersten Frage.

»Guten Morgen, - sind Sie Heinrich Burmeister? «

»Wer will das wissen? «

Ups, - wieder was falsch gemacht, sie hätte sich vorstellen und ausweisen müssen. Dies übernahm nun Robert. Er hielt seinen Dienstausweis hoch.

»Robert Hanf, Kripo Siegburg. Das sind meine Kolleginnen Sommer und Drollig«.

Der ältere Herr lachte auf, »Drollig, - wie drollig? «

»Ja, genau so«, Lisa konnte den alten Witz über ihren Namen nicht mehr hören.

»Wir hätten da ein paar Fragen an Sie«.

»Wegen den Morden, die von den letzten Tagen. Das geht ja hier rum wie ein Lauffeuer. Da ruft einer den anderen an und erzählt darüber. Haben Sie denn schon den Mörder? «

»Deswegen sind wir ja hier. Können Sie sich erinnern, ob vor zwanzig Jahren oder noch früher, der Toni Schumann hier aus Wormersdorf und der Leonhard Eisenhut gemeinsam hier bei der freiwilligen Feuerwehr waren? «

»Also, ich wohn' ja schon mein Leben lang hier und ich war damals, als ich zwanzig war schon hier in der Feuerwehr. Dreißig Jahre lang und dann konnte ich nicht mehr, wegen der Bandscheibe«.

»Können Sie uns was zu den beiden Erwähnten sagen?« Thekla wirkte etwas nervös.

»Nun«, Heinrich Burmeister kratzte sich am Kinn und schaute hoch in die Luft, als wolle er die Wolken befragen, »damals wollten die zwei unbedingt auch zu uns in die Feuerwehr, aber damals waren halt sehr viele wild darauf, dazuzugehören. Nicht mehr so wie heute, wo man Nachwuchssorgen hat«.

Thekla schaute gelangweilt.

»Aber warten Sie, - wir hatten damals die Mitgliedschaft verweigert, weil, - da waren noch drei andere, mit denen die immer in einer Clique abhingen.

Die hatten nur Unfug im Kopf. Alkohol und wahrscheinlich auch so Drogenzeug«.

»Eine Clique? « fragte Thekla interessiert nach.

»Ja, - da war noch der Armin Neustätter und der Luis Brand. Die haben damals eine Zeitlang hier gewohnt, bis die Eltern dann teilweise nach Berlin ziehen mussten oder sonst wohin, wegen der Arbeit«

»Wo wohnt denn der Luis Brand jetzt? «, wollte Robert wissen, der alles mitgeschrieben hatte.

»Na, - der wohnt in Ersdorf, - hier der nächste Ort und der andere hieß, - na, - ich komme nicht darauf. Auf jeden Fall waren die immer zu fünft unterwegs und haben nur Blödsinn unternommen. Auch im Junggesellenverein wollten wir die damals nicht haben«.

»Vielen herzlichen Dank Herr Baumeister, Sie haben uns sehr geholfen«, Thekla schüttelte dem Herrn die Hand.

»Burmeister«, berichtigte er sie, »Heinrich Burmeister«.

Als das Tor wieder geschlossen war sagte Thekla zu

den beiden:

»Volltreffer, - ich glaube wir sind auf der richtigen Spur«.

»Zumindest auf der Spur zum Zusammenhang der Toten«, meinte Lisa.

»Aber Moment mal, - wenn es fünf waren und wir haben bisher drei Tote, dann sind die beiden anderen möglicherweise in großer Gefahr«.

Sie beeilten sich zum Dienstwagen zu kommen und Herrn Luis Brand in Ersdorf aufzusuchen.

Nach sechs Minuten waren sie an der Zieladresse im Nachbarort angekommen. Ein gepflegtes Reihenhaus am Ortsrand. Die Beamten klingelten.

»Da scheint niemand zu Hause zu sein«, meinte Lisa.

»Scheint so«, sagte Robert, als er sich resigniert umdrehte und wieder zum Auto gehen wollte.

»Ich schau mal hinter dem Haus nach, vielleicht ist er im Garten«, gab Thekla nun zu verstehen. So einfach gab sie nicht auf.

Sie ging gerade um die Ecke des Hauses, als hinter

dem Haus ein Benzinrasenmäher mit lautem Geknattere gestartet wurde. Sofort gingen Lisa und Robert ebenfalls hinter das Haus.

»Schau mal wie schön es hier ist«, flüsterte Robert zu Thekla, »dieser weite herrliche Ausblick über die Felder bis zu den Obstplantagen am Fuße der Berge. Dort oben, schau mal die Burgruine, wie einzigartig schön es hier doch ist. Vielleicht wirklich eine Überlegung für den Altersruhesitz, wert? «

Lisa war als erste in der Nähe des Mannes, der gelangweilt den Rasenmäher vor sich her schob. Als er sie sah, stellte er den Motor aus.

»Eh, was machen Sie denn hier? Was wollen Sie? «

»Kripo Siegburg, Lisa Drollig, sind Sie Herr Luis Brand? « rief sie ihm entgegen, da immer noch fast zehn Meter Entfernung zwischen ihnen war.

Sie gingen aufeinander zu. Thekla und Robert waren einige Schritte hinter Lisa, die Herrn Brand zur Begrüßung die Hand entgegen streckte. Dieser, immer noch irritiert über den Besuch der Kriminalisten, streckte Lisa ebenfalls die Hand entgegen und machte einen

Schritt auf Lisa zu.

Das rettete ihm das Leben, denn genau in dieser Sekunde schnellte ein Pfeil, abgeschossen von einer Armbrust, am Oberkörper des Herrn Brand vorbei und blieb, im einige Schritte entfernten Gartenhaus aus Holz, stecken.

Sofort schrie Thekla »runter, auf den Boden und sofort hinter das Gartenhaus«! Gleichzeitig zogen Robert und sie ihre Dienstwaffen und sicherten die Richtung, aus der, dem Winkel nach gesehen, der Pfeil abgefeuert wurde. Einen Knall zur Lokalisierung hatte es nicht gegeben, was die Einordnung erheblich erschwerte. Lisa hatte ebenfalls ihre Waffe gezogen und sicherte Herrn Brand, der hinter dem Holzhaus lag, gegen den, nicht zu erkennenden, Angreifer. Die Beamten suchten mit ihren Blicken das sehr weitläufige Gelände ab. Die Waffen im Anschlag und in geduckter Haltung, suchten sie einen gewissen Schutz hinter den Büschen aus Kirschlorbeer.

Dann sahen sie den Mann. Etwa achtzig Meter entfernt, lief er, mit einer Armbrust in der Hand, in Richtung eines blauen Kleinwagens, der auf einem

Feldweg geparkt, stand. Robert rannte sofort immer noch seine Dienstwaffe in der Hand, in die Richtung des Fahrzeugs, hinweg über halbhohe Zäune, durch die Felder.

Lisa rief Herrn Brand zu »Sofort ins Haus, alles verschließen, weg von den Fenstern«. Sie lief Thekla hinterher, die bereits den Dienstwagen erreicht hatte. Schnell hüpfte sie in die, von Thekla bereits geöffnete Beifahrertür und schon raste Thekla mit dem Dienstwagen in Richtung der Feldwege. Gleichzeitig forderte Lisa über Funk Unterstützung bei den Kollegen der Dienststelle Rheinbach und Meckenheim an. Ebenfalls leitete sie, auf Anweisung Theklas, eine Nahbereichsfahndung nach einem blauen Kleinwagen ein.

»Den kriegen wir«, ermutigte sich Thekla selber. Nachdem sie jedoch endlich den passenden Feldweg gefunden hatte und in Höhe des ehemaligen Standorts war, an dem sich nun auch Robert befand, mussten sie sich eingestehen, dass sie wohl keine Chance hatten, das Fahrzeug ausfindig zu machen. Der Feldweg führte in ein Waldgebiet, in dem auch die von Robert eben noch bewunderte Burgruine auf einem Berg stand. Thekla stoppte das Fahrzeug und fuhr zurück zu Herrn Brand, der, immer noch zitternd, die Türe öffnete.

»Wer war das? « fragte er aufgeregt.

»Das würden wir gerne von Ihnen wissen. Sie sind in höchster Lebensgefahr, wie wir gerade gesehen haben. Eigentlich wollten wir wegen einer Befragung zu Ihnen. Jetzt ist es für uns aber klar, irgendetwas muss Sie mit drei Mordopfern verbinden, die wir in den letzten zwei Tagen hatten«.

»Was für Mordopfer? «

Thekla nannte die Namen Eisenhut, Schumann und Neustätter.

»In welcher Verbindung standen Sie zueinander und was ist passiert, dass nun auch Sie Ziel eines Anschlags wurden? «

Brand legte die Stirn in Falten und schien angestrengt nachzudenken.

Thekla allerdings fragte forsch nach: »Herr Brand, spielen Sie uns jetzt nichts vor. Wir sind einem Mörder dicht auf den Fersen. Mit Ihren Spielereien behindern Sie unsere Arbeit. Also los, -- was wissen Sie? «

»Verdammt nochmal, - also gut. Ich habe die Sache schon ewig verdrängt. Es tut mir ja auch unendlich leid, aber da ich glaube, dass die Sache sowieso verjährt ist, kann ich nun endlich mein Gewissen erleichtern«.

Sie setzten sich an den Küchentisch und Robert zückte sein Notizbuch und einen Stift. Beides schob er zu Lisa, die froh war, etwas nützliches beitragen zu können.

»Also los«, forderte Thekla nun noch einmal auf.

»Ich bin jetzt dreiundfünfzig Jahre alt und das muss etwa dreißig Jahre her sein. Unsere Clique hatte, wir waren damals zu fünf Jungen und wohnten alle in Wormersdorf, hier in der Gegend so manchen Mist gebaut. Die drei Toten, Herrmann Klingmüller-Rott und ich, - wir fünf bildeten diese Gruppe«.

»Wo finden wir diesen Herrn Klingmüller-Rott? Der ist jetzt möglicherweise auch in Lebensgefahr«, wollte Thekla wissen.

»Er ist vor fünf Jahren mit seinem Motorrad, auf der Nordschleife des Nürburgrings, tödlich verunglückt«, gab

Brand von sich.

»Also gut, - weiter«.

»Wir waren die fünf, die keiner in seinem Verein haben wollte, weil wir so viel Blödsinn gemacht haben und auch sehr viel Alkohol tranken. Selbst die im Junggesellenverein wollten uns nicht, obwohl sie selber auch immer am saufen waren. Damals war das bei uns noch so, dass hier die Junggesellen Ende April, eine Maikönigin wählten. Also, die Maikönigin wurde nicht gewählt sondern es wurde auf einer Art Versteigerung, Geld geboten. Das Mädchen mit dem Höchstgebot wurde dann zur Maikönigin ernannt. Es waren immer genug Bewerberinnen da, da es für die Mädels ja eine Ehre war, dieses Ehrenamt zu bekleiden. Beim und im Ort war es so, dass die Zweitplatzierte nicht leer ausgehen sollte und deshalb, so war es einige Jahre Brauch, für ein Jahr zum Burgfräulein ernannt wurde«.

»Burgfräulein? « fragte Lisa nach, wofür sie von Robert sofort einen strafenden Blick zugeworfen bekam.

»Ja, Burgfräulein. Da oben auf dem Berg, neben Wormersdorf, steht die Ruine der Tomburg. Gefundene

Spuren können bis ins vierte Jahrhundert zurückverfolgt werden und lassen auf eine Nutzung durch die Römer schließen. Ab dem vierzehnten Jahrhundert hatte sie dann eine militärische Bedeutung und bot Raubrittern einen Rückzugsort«.

»Werter Herr Brand, wir interessieren uns jetzt dringend für die Neuzeit. Also, - was war vor dreißig Jahren vorgefallen? « unterbrach Thekla.

»Ja also, - wir fünf hatten mal wieder viel getrunken und standen am Straßenrand, als der Maiumzug, mit Maikönigin und Burgfräulein durch Wormersdorf zog. Nach dem Umzug war es Brauch, im Festzelt zu feiern. Wir fünf kamen nicht ins Zelt. Angeblich würden wir nur für Unruhe sorgen und hätten eh schon genug Alkohol im Blut. Verärgert über die Abfuhr, tummelten wir uns am Zeltrand. Als dann auf einmal die Brunhilde Klein, die damals zum Burgfräulein gekürt wurde, zum Toilettenhäuschen ging, warteten wir davor, bis sie wieder heraus kam. Eigentlich wollten wir nur ein wenig mit ihr rumalbern. Sie beachtete uns jedoch nicht und wollte in Richtung Zelteingang. Einer von uns umarmte sie und wollte einen Kuss. Ein anderer fasste ihr von hinten an den Busen. Als sie zu schreien begann, machte sich irgendwie Panik bei uns breit. Wir hielten ihr den Mund zu, jeder packte ein Bein und einen Arm und wir trugen sie, wobei sie wild zappelte, vom Zelt weg. Immer weiter, bis zum Ortsrand. Sie schrie immer weiter um Hilfe und meinte, sie würde uns alle anzeigen. So betrunken wie wir waren, nahmen wir sie über die Schulter, fesselten ihre Hände zusammen und stopften ein Taschentuch in ihren Mund. Wir gingen immer weiter, bis zum Wald, in der die Tomburgruine stand. Jetzt hatten wir einen gemeinsamen Plan. Brunhilde sollte sich, an der Ruine angekommen, ausziehen und und Ihren Körper zeigen. Sie weigerte sich und so rissen wir alle fünf, ihr die Kleider vom Leib. Als sie dann nackt vor uns lag zogen sich zwei von den Jungen aus und vergewaltigten Sie. Wir anderen hielten sie dabei fest. Von dem Gesehenen wurden aber alle so unbeherrscht, dass wir uns alle auszogen. Nach einer Weile brach der Widerstand von Brunhilde. Sie ließ alles, wenn auch absolut angewidert, mit sich geschehen. Sie musste alles über sich ergehen lassen, sowohl vaginal, oral, wie auch anal. Nach über zwei Stunden ließen wir von ihr ab. Wir drohten ihr, wenn sie irgendetwas erzählen würde, würden wir ihre geliebten Katzen, sie hatte zwei norwegische Waldkater, bestialisch töten und der Familie auf Lebzeit ein harmonisches Leben in der Dorfgemeinschaft verderben. «

»Herr Brand, was Sie getan haben, widert uns an. Dennoch ist es so, dass man Sie dafür rechtlich nicht mehr belangen kann. In Deutschland verjährt eine Vergewaltigung und ein schweres Sexualdelikt, nach zwanzig Jahren. Sagen Sie uns aber jetzt, wo finden wir diese Brunhilde Klein? «

»Brunhilde war damals so fünfzehn oder sechzehn. Der Vater bekam in Köln eine neue Arbeitsstelle und sie sind, einige Jahre nach dem Vorfall, hier weggezogen. Ich habe gehört, dass Brunhilde wieder hier in ihre Heimat zurückgekommen sei. Sie muss jetzt in Rheinbach-Hilberath wohnen. Das ist von hier aus gesehen, hinter dem Berg, auf dem die Tomburg steht«.

»Also genau in der Richtung, in die der blaue Wagen gefahren ist«, sagte Robert.

Die drei Kriminalisten standen gleichzeitig auf.

»Sie bleiben hier und warten bis wir wieder hier sind. Wir haben noch einiges zu klären«, sagte Thekla in Richtung Luis Brand.

Die Überprüfung der Leitstelle ergab auf telefonische Nachfrage bei der Leitstelle, keine Übereinstimmung des Namens Brunhilde Klein, in Rheinbach. Thekla fragte nun nur den Vornamen ab. Hier gab es zwei Übereinstimmungen im Melderegister. Einmal in Rheinbach selber, einmal in Oberdrees.

Robert nahm nicht den offiziellen Weg nach Hilberath. Er nahm den viel kürzeren, aber nur teilweise asphaltierten Weg, mitten durch den Wald. Dementsprechend schmutzig sah der Dienstwagen hinterher aus. Als sie in Hilberath ankamen, ließ Thekla sofort an einem kleinen Lebensmittelladen halten um nach der Gesuchten zu fragen. In so einem kleinen Ort, so hoffte sie, kannte jeder jeden.

»Guten Morgen, Kripo Siegburg, Thekla Sommer«, Thekla hielt den Dienstausweis in der Hand, »eine Frage, - wohnt hier im Ort eine Brunhilde Klein? «

Die Frau hinter dem Verkaufstresen überlegte kurz.

»Nein, ich kenne keine Brunhilde Klein. Sie meinen vielleicht Brunhilde Adams, die als Kind in Wormersdorf gewohnt hat? Wie sie mit Mädchennamen hieß, weiß ich nicht«.

»Ja, genau die meine ich. Können Sie mir sagen, wo die Frau wohnt? «

»Die wohnt nicht mehr hier in Hilberath. Die ist mit Ihrem Mann vor einem halben Jahr nach Oberdrees gezogen«.

»Vielen Dank«, sagte Thekla, als sie sich umdrehte und schon die Ladentüre öffnete, »sie haben uns sehr geholfen«.

»Auf nach Oberdrees, die Frau ist umgezogen. Sie hat wohl geheiratet und heißt nun Adams. Deshalb auch eben kein Treffer bei der Abfrage«.

Erneut fragte Thekla, diesmal über Funk, nach der Adresse in Oberdrees. Gleichzeitig orderte sie Verstärkung durch Beamte der Dienststelle Rheinbach, die sich aber bis zum Eintreffen der Kripo, erst einmal im Hintergrund halten sollten.

Nach sieben Minuten waren sie in Oberdrees. Robert hatte dem Wagen alles abverlangt und seinen rasanten Fahrstil ausgelebt.

»Die Straße heißt "Greesgraben". Das Navi zeigt, dass es die Parallelstraße war, in der das erste Opfer, Dr. Eisenhut, wohnte «.

Robert bog langsam in die Straße ein. Zwei Polizeiwagen standen am Ende der Straße und warteten bereits. Über Funk ordnete Thekla an, dass die Beamten mit den Autos jeweils an dem Ende der gerade verlaufenden Straße, diese absperren sollten. Gleichzeitig sollten sich zwei Beamte dem entsprechenden Haus von hinten nähern und diesen Bereich absichern.

Thekla, Robert und Lisa zogen die schusssicheren Westen an, die in jedem Dienstfahrzeug der Kriminalpolizei, im Kofferraum immer bereit liegen. Sie gingen zu der angegebenen Adresse, in dessen Garageneinfahrt ein blauer Kleinwagen, der Marke "Hyundai i10", stand.

Robert klingelte.

Ein Mann, Mitte fünfzig, unrasiert und im

Trainigsanzug öffnete.

»Ja bitte? «

»Kripo Siegburg«, sagte Thekla, alle drei Beamten hatten ihre Waffe gezogen und im Anschlag, »ist Frau Brunhilde Adams hier? «

Thekla lugte in den Flur und sah im Nebenraum eine Frau im Rollstuhl sitzen.

Der Mann, der wie sich herausstellte, der Ehemann von Brunhilde Adams war, stellte sich breitbeinig in die Haustüre. Er senkte den Kopf, lies die Schultern nach vorne sinken und sagte leise:

»Lassen Sie bitte meine Frau da raus. Sie hat mit all dem nichts zu tun. Sie ist ein gebrochener Mensch und in den letzten Jahren zunehmend geschwächt und depressiv geworden. Ihr ist in der Jugend etwas ganz Schreckliches passiert, was sie mir vor etwa einem Jahr anvertraute. Nie hat sie darüber mit irgendjemandem gesprochen und ist darüber krank geworden. Erst seit einem Jahr weiß ich, warum wir all die Jahre kein richtiges sexuelles Eheleben geführt hatten. Meine Frau brauchte dringend psychologische Hilfe. Leider konnte ich ihr in dieser

Hinsicht nicht helfen. Ich konnte nur die Tat von damals rächen und so plante ich über einige Monate hinweg die Morde an den damaligen Tätern«.

»Wo ist denn die Waffe«, fragte Robert.

»Dort im Kofferraum«, der Mann zeigte auf den blauen Hyundai. Die habe ich bei einem Einbruch in Rheinbach gestohlen. Ich wusste von Frau Eisenhut«, er zeigte auf eines der Nachbarhäuser in der Straße nebenan, dass ihr Vater eine solche Präzessionswaffe besaß, diese aber nicht mehr brauchte, da er nicht mehr im Verein war. Verkaufen wollte er sie mir nicht. Deshalb brach ich dort ein und stahl die Armbrust mit allen vorgefundenen Pfeilen. Viele Wochen habe ich in den Wäldern geübt, richtig mit der Waffe umzugehen. Es hat lange gedauert bis ich so perfekt war, mein Vorhaben in die Tat umzusetzen«.

»Herr Adams, ich nehme Sie fest wegen dreifachen Mordes. Verabschieden Sie sich von Ihrer Frau und packen Sie Ihren Ausweis ein«.

Sie winkte die mittlerweile bei ihnen stehenden Kollegen der Schutzpolizei, heran. »Die Kollegen werden Sie ins Haus begleiten, damit Sie sich von Ihrer Frau verabschieden können und Sie anschließend, mit auf die Wache nehmen. Von dort aus werden Sie dem Haftrichter vorgestellt. Müssen wir Handschellen anlegen oder werden Sie die Kollegen ohne Widerstand begleiten? «

Herr Adams schüttelte, den Kopf und sagte demütig:

»Alles OK, ich bin irgendwie froh und erleichtert, dass es vorbei ist. Ich werde keinen Widerstand leisten«.

Zwei Polizeibeamte gingen mit dem Mann ins Haus.

*

»Jetzt brauch ich eine Currywurst«, sagte Robert, als die drei in ihrem Dienstwagen die Siegburger Stadtgrenze passierten.

»Die haben wir uns auch sicherlich verdient«, bestätigte Thekla und steuerte den Wagen vorbei an der Polizeibehörde in Richtung Innenstadt.

»Gibt es denn hier nichts Vegetarisches, oder besser

noch, Veganes? «, hörte man Lisa von der Rücksitzbank fragen.

»Doch, - Pommes frittes«, kam Roberts Antwort.

Alle lachten.

ENDE

Mord in

Sankt Augustin

Fehlerhafte Liebe

Der vierte Fall von Kommissarin Thekla Sommer

Erstes Kapitel

Die fünfköpfige Siegburger Band, unterstützt von der Sängerin und Songwriterin Carolin Karnath, die heute als Frontfrau von der Band engagiert worden war, spielte bereits seit drei Stunden Lieder aus den achtziger und neunziger Jahren.

Insgesamt vierzehn Monate war dieses Fest bis ins Kleinste geplant worden. Ganz genaue Vorstellungen hatte die fünfunddreißigjährige Monika Jungblut von diesem Tag, bereits seit ihrer Pubertät. Es sollte der, wie es wohl der Wunsch eines jeden Mädchens ist, schönste Tag in ihrem Leben werden. Obwohl sie die eigentliche Hochzeitsplanung einem professionellen Wedding Planer überlassen hatte, waren doch sehr viele Kleinigkeiten im Umfeld, abzuklären.

Die einhundertzwanzig Gäste waren alle mit dem Essen fertig und der feierliche Teil war vor fast einer Stunde durch den Hochzeitstanz, eröffnet worden. Monika Jungbluth, die jetzt Monika Kaarst hieß, konnte vom ausgelassenen Tanzen nicht genug bekommen. Ihr Mann allerdings, der vierundvierzigjährige Oliver Kaarst, der vor zwei Jahren unerwartet zwölf Millionen Euro im Lottojackpot gewonnen hatte, konnte und wollte nicht mehr auf der Tanzfläche rumhüpfen. Ihm war irgendwie schlecht geworden und er schwitzte auch in dem, durch die vielen Menschen aufgeheizten Saal des Schloss Langenbach, was zu diesem Anlass, am Rande von Sankt Augustin, angemietet wurde. Die Küche hier war weit über die Grenzen von Nordrhein-Westfalen bekannt und so wurde hier manches berauschende Event gegeben.

Oliver Kaarst saß an der Tafel, fast alleine an seinem, für den Bräutigam, reservierten Platz und schien belustigt den tanzenden Gästen zuzusehen. Seiner Frau Monika tat es allerdings leid, dass ihr frisch Angetrauter, diesen wundervollen Tag nicht genau wie sie, feiern und genießen konnte. Hatte er sich doch genauso aufgeregt wie sie und den ganzen Vortag auf die Trauung und die hoffentlich gelingende Feier, gefreut. Lachend und vom Alkohol schwankend, kam sie an den Tisch zu ihrem Schatz.

»Geht es Dir so schlecht? « fragte sie, als sie sich nach unten, zu ihrem auf seinen verschränkten Armen auf dem Tisch liegenden Ehemann, beugte.

Ein lauter, schriller Schrei durchdrang den Festsaal. Die Musik hörte augenblicklich auf zu spielen und alle drehten sich zu der Braut um. Diese hatte ihren Mann, mit weit geöffneten Augen, tot am Tisch sitzend, aufgefunden. Sie war in Anbetracht der schlechten Luft im Saal, ihrem viel zu engen Hochzeitskleid und dem Schock, der ihr gerade widerfahren war, bewusstlos zusammengebrochen. Zum Glück waren unter den Gästen zwei Ärzte. Der eine war Stationsarzt in der Uniklinik Bonn, der andere ein niedergelassener Internist in Sankt Augustin. Beide leisteten sofort erste Hilfe. Die Frau wurde in eine stabile Lage gebracht mit Hochlagerung der Beine. Den Mann versuchte man mit sofortiger Herzdruckmassage, zu reanimieren. Nach vier Minuten war das Notarztteam des nahegelegenen Krankenhauses vor Ort und übernahm mit der entsprechenden technischen Ausstattung die weitere Erstversorgung. Nach etwa zwanzig Minuten wurde allerdings jeder Wiederbelebungsversuch eingestellt. Das Ärzteteam war sich einig. Der Tod war eingetreten.

Frau Kaarst ging es mittlerweile etwas besser, nachdem man ihr das Kleid geöffnet, die Korsage gelockert und eine kreislaufstabilisierende Spritze, gegeben hatte.

Die alarmierte Polizei, der nahegelegenen Wache in Sankt Augustin, war mit drei Mann, einige Minuten nach dem Notarzt vor Ort. Nachdem der Notarzt seine Reanimationsversuche eingestellt hatte, teilte er den Polizisten mit, dass bei Herrn Kaarst wahrscheinlich ein "nicht natürlicher Tod" eingetreten war. Die Polizeibeamten verständigten daraufhin die Kollegen der Mordkommission und die Spurensicherung. Weiterhin wurde auch Verstärkung von der nahegelegenen Wache gerufen, da bei der Masse an Gästen eine Ordnung nur sehr schwer aufrechtzuerhalten war. Schließlich durfte zunächst niemand den Tatort, um den es sich hier handelte, verlassen.

*

Thekla Sommer hatte es sich, nachdem das
Mittagsgeschirr in der Spülmaschine eingeräumt war, in
ihrem kleinen Garten des gemieteten
Einfamilienreihenhauses, im Siegburger Stadtteil
Stallberg, gemütlich gemacht. Sie las gerade die
"Autobiografie eines Siegburgers - Im Nebel des
Erwachens", als sie im Haus ihr Handy klingeln hörte.
»Warum habe ich denn das Ding schon wieder vergessen
mit rauszunehmen«, dachte sie, als sie ins Haus lief. Sie
erkannte die Nummer von Robert, ihrem Kollegen bei
der Siegburger Kriminalpolizei und seit einiger Zeit auch
Lebenspartner. Er war nach einem Wasserrohrbruch der
Mieter über seiner Wohnung, kurzerhand und kurzzeitig,
bei Thekla eingezogen, da das Zimmer von David, ihrem
Sohn, sowieso leer stand. Dieser war schon einige Zeit
vorher zu seinem Vater gezogen, da er glaubte, als
Teenager dort mehr Freiraum zu genießen.

»Ja mein Schatz, was gibt´s? Hast Du die
Eintrittskarten vergessen? « Robert war mit seinem

Kumpel auf dem Weg zu einem Konzert, dessen Namen sie vergessen hatte.

»Ich wollte Dir nur Bescheid sagen, dass uns auf der Flughafenautobahn, kurz vor der Ausfahrt >Troisdorf< ein Reifen geplatzt ist und Sebastian gerade noch den Wagen abfangen konnte. Er hat zwar die Leitplanke touchiert aber uns ist, außer Blechschaden, nichts passiert«.

»Soll ich Dich abholen?« fragte Thekla aufgeregt.

»Nein, ich wollte Dir nur Bescheid sagen. Mit dem Konzert, das wird nichts mehr. Wir warten auf den ADAC, zum Abschleppen. Kann noch etwas dauern«.

»Danke, dass Du Bescheid gesagt hast. Ich geh dann weiterlesen. Ich bin im Garten«.

Thekla drückte den roten Knopf am Handy und war in Gedanken bei der Autobiografie. Auf der Terrasse angekommen klingelte das Telefon schon wieder.

»Typisch, - der vergisst immer etwas zu sagen«, dachte sie, als sie das Gespräch annahm.

»Was hast Du vergessen? « fragte sie schmunzelnd.

»Wie vergessen? Nichts. Wir haben einen Einsatz«.

Alfred Bollenkamp, der Leiter der Siegburger Mordkommission und Vorgesetzter von Thekla, schien etwas aufgebracht. »Unklare Todesursache im Schloss Langenbach in Sankt Augustin. Da ist eine riesige Hochzeitsgesellschaft und der Bräutigam ist tot. Es gibt jetzt viel zu tun für Euch. Ich ruf' die anderen aus Deinem Team an. Spurensicherung ist schon auf dem Weg. Sagst Du Robert Bescheid? «

Er beendete das Gespräch, bevor Thekla etwas sagen konnte. Seitdem sie zur Dienstgruppenleiterin, eines der drei Teams der Siegburger Abteilung "Kapitalverbrechen", ernannt wurde, erwartete man von Thekla, nun auch selber administrative Arbeit in ihrem Verantwortungsbereich, zu übernehmen.

Sie überlegte nicht lange, nahm ihre Jacke vom Haken, schloss die Terrassentüre, nahm ihre Dienstwaffe, ihre Handtasche und eilte zu ihrem Twingo. Sie liebte diesen Wagen und fuhr lieber damit als mit dem klobigen Dienstwagen. Als sie einstieg, hatte sie schon das Handy am Ohr und rief Robert an.

»Hallo Schatz«, sagte dieser erfreut, »schön, dass Du Dir Sorgen machst, aber der ADAC war noch nicht da. Wir warten noch«.

»Auch wenn er zwischenzeitlich kommt, Du wartest bitte an der Stelle weiter, nämlich auf mich! Wir haben einen Einsatz. Fred hat mich gerade angerufen. Wir müssen nach Sankt Augustin. Es ist glücklicherweise nicht weit weg von der Stelle, an der Du gerade bist. Also, - bitte warte auf mich«.

Thekla legte auf, startete den Wagen und fuhr über die Bundesstraße 56, in Richtung Autobahn.

Lisa Drollig, die neue Kommissaranwärterin in Thekla's Team, erreichte Bollenkamp's Anruf, als sie gerade im "Café Loyal", einem veganen Café, schräg gegenüber des Siegburger Bahnhofs, ihren zweiten Cappuccino, mit Hafermilch zubereitet, trank. Dazu hatte sie eine der köstlichen Nussecken, die der Inhaber und Betreiber dieses gemütlichen Cafés selber herstellte und für die diese vegane Oase bekannt war, verzehrt.

»Oh Gott, wie soll ich denn jetzt so schnell zum Eisatzort kommen? « fragte sie ausgerechnet den Leiter der Mordkommission.

Dieser verdrehte am Telefon die Augen und meinte mit erhobener Stimme: »Nimm ein Taxi, wird Dir nach Vorlage einer Quittung ersetzt«.

Glücklicherweise war am Siegburger Bahnhof ein Taxistand. Drei Minuten später war auch Lisa auf dem Weg nach Sankt Augustin.

*

Als der lindgrüne Twingo mit Thekla und Robert auf den mit Kies versehenen Schlossvorplatz fuhr, sahen sie, dass dieser sehr weiträumig mit rot-weißem Flatterband abgesperrt war, damit die Hochzeitsgäste das Gelände erst nach Aufnahme der Personalien das Gelände verlassen konnten. Peter Ludwig und Sybille Salz, ebenfalls Teammitglieder von Theklas Gruppe, warteten am Eingang auf ihre Chefin. Als sie das Auto verlassen hatten und in Richtung der Kollegen gingen, hielt hinter Thekla ein Taxi und Lisa kam mit einem lauten »Wartet auf mich«, hinterhergelaufen.

»Was ist denn hier los? « fragte Robert, »was wollen denn all diese Menschen hier? «

»Robert, - dafür muss man zu den Oberen der Gesellschaft gehören, dann hat man auf einmal so viele Freunde. Also ehrlich, - mir wäre das zu viel«.

»Die Kollegen der Schutzpolizei haben bereits ganze Arbeit geleistet. Die Aufnahme der Personalien ist in vollem Gange«, begrüßte Sybille ihre Chefin und den Kollegen.

»Die Kollegen der Spurensicherung sind noch im Saal bei dem Toten. Der Krankenwagen durfte ihn nicht abtransportieren. Wie Du weißt, dürfen sie ja keine Toten mitnehmen. Der Leichenwagen kommt gleich«.

Tekla kam gerade bei dem Leiter der Spusi an, als dieser zu seinen Leuten sagte: »Jungs, - einräumen, hier ist nichts mehr zu tun«.

Thekla schaute ganz erstaunt und sagte »Moment mal, Ihr seid doch auch eben erst gekommen«.

»Dann schau Dich doch mal um. Über einhundert Leute hier im Raum. Die Tische hier um den Toten herum, voll mit halbleeren Gläsern, Flecken, Zigarettenkippen und jede Menge Fingerabdrücken. Wir nehmen die zwei Gläser und das Schüsselchen mit Dessert, die in unmittelbarer Nähe des Toten stehen mit.

Den Inhalt kontrollieren wir. Ansonsten können wir nichts Verwertbares sichern. Ach so, - meines Erachtens ist der mit Zyankali, oder ähnlichem, vergiftet worden. Es riecht so süßlich aus dem Rachen heraus, so nach Bittermandel. Wenn es also zum Dessert nichts mit Marzipan gab, oder in der Hochzeitstorte, dann ist meine Vermutung sicherlich nahe dran. Der Tote muss in die Gerichtsmedizin, danach gibt es mehr Informationen.

Thekla drehte sich zu Ihrem Team um.

»Da kommt eine ganze Menge Arbeit auf uns zu«. Bei diesen Worten schaute sie in den Kreis der wartenden Hochzeitsgäste.

Da die Braut nicht vernehmungsfähig war, suchte Thekla den Wedding Planer. Dieser stand mit seiner Assistentin etwas Abseits und wartete, bis seine Personalien aufgenommen wurden.

»Guten Tag, Thekla Sommer, ich hörte, Sie haben diese Veranstaltung geplant? Haben Sie zufällig auch eine Gästeliste? «.

»Natürlich, nur leider nicht hier, die liegt im Büro. Das war ein schwieriges Unterfangen, bis die endgültig fertig war. Bis drei Tage vor Termin wurden immer noch Leute nachgemeldet oder andere gestrichen. Die Braut war da sehr pingelig. Erst gefiel ihr die Sitzordnung nicht, dann wiederrum hatten sich andere geringschätzig über das Ausmaß der Feier geäußert. Die mussten wieder gestrichen werden, aber so ist das, - wer bezahlt, darf bestimmen. Am Ende waren es einhundertzwanzig Gäste plus das Brautpaar, plus wir beide«.

»Können Sie uns die Liste heute noch zufaxen? «

»Selbstverständlich können wir das. Nur müssen wir erst einmal hier an der Reihe sein«.

Thekla begleitete ihn und seine Assistentin zum Anfang der Reihe Wartender.

»Hallo Kollege, nimm bitte die beiden als nächstes dran, die müssen uns ermittlungsrelevante Listen zukommen lassen. Es eilt«.

Der Beamte nickte und stellte die Beiden an den Anfang der Reihe.

*

Am nächsten Morgen warteten die Kollegen aus

Theklas Team bereits im Siegburger Polizeipräsidium, an der Frankfurter Straße. Thekla und Robert kamen sieben Minuten später als vereinbart, da Robert beim Bäcker unbedingt noch seine geliebten überbackenen Käsebrötchen wollte, die aber beim Betreten der Bäckerei, auf der Zeithstraße, noch im Ofen waren.

»Entschuldigung, - die Ampelschaltungen«, log Thekla, da sie Robert nicht reinreißen wollte.

Als nächstes schlug Thekla vor, dass Peter Ludwig und Sybille Salz die Listen abgleichen sollten, die der Hochzeitsplaner geschickt hatte und die von der Polizeistation Sankt Augustin, an gelisteten Personen der Hochzeitsfeier, angefertigt wurde. Lisa Drollig sollte am Ort der Feierlichkeiten nachhören, wer gestern in der Küche und als Servicepersonal dort war, und ob irgendjemand etwas Verdächtiges gesehen habe. Alles, jede noch so kleine Kleinigkeit, solle Lisa aufnehmen und bei der abendlichen Fallbesprechung vortragen. Sie selbst wolle nun zu der Witwe fahren und sich Klarheit über die wirklichen wirtschaftlichen und persönlichen Verhältnisse verschaffen. Vielleicht würden sich bei den nun anlaufenden Ermittlungen viele Anhaltspunkte für mögliche Motive ergeben, aber diese dann zu selektieren und zu gewichten, - dass war ja schließlich die kriminalistische Arbeit der Mordkommission. Bestimmt würde sich auch in diesem Fall ihr "Bauchgefühl" melden und vielleicht in die richtige Richtung leiten.

Bisher erschienen in dieser Reihe:

Mord in Siegburg
>Die Wasserleiche<
Der erste Fall der Kommissarin Thekla Sommer

Mord in Bornheim
> Der Spargelkönig<
Der zweite Fall der Kommissarin Thekla Sommer

Mord in Rheinbach
> Das Burgfräulein<
Der dritte Fall der Kommissarin Thekla Sommer

Bisher erscheint in dieser Reihe:

Mord in Sankt Augustin

>Fehlerhafte Liebe<

Der vierte Fall der Kommissarin Thekla Sommer

Über den Autor:

Geboren 1958, in der Zeit des Wirtschaftswunders, verbrachte er seine Kindheit, mit zwei Schwestern und zwei Halbbrüdern, in Siegburg und dem ländlichen Windeck. Geprägt von dem idyllischen Umfeld, fühlte er sich in der Stadt nie so recht wohl und er suchte sein soziales Umfeld meist in ländlichen Regionen, wie Rheinbach, Meckenheim, Bornheim oder Herchen/Sieg.

Bereits im jungen Erwachsenenalter fing er an, seine Gedanken schweifen zu lassen und niederzuschreiben. Am Anfang war es mal ein Kinderbuch oder philosophische Zeilen. Als zertifizierter Psychologischer Berater folgte ein Psychologisch/spirituelles Werk. Seit einiger Zeit entspringen Krimis (aus dem Rhein-Sieg-Kreis) seinen Gedanken und dem Werk seiner Phantasie. Hier legt er aber besonderen Wert auf umfangreiche, historische

Recherche hinsichtlich der Schauplätze seiner Handlungen.